講談社文庫

若君の覚悟

公家武者 信平《のぶひら》(八)

佐々木裕一

JN043261

講談社

目次

『公家武者 信平』の主な登場人物

◉鷹司《たかつかさ》松平《まつだいら》信平《のぶひら》

家光《いえみつ》の正室・鷹司孝子《たかこ》（後の本理院《ほんりいん》）の弟。
姉を頼り江戸にくだり武家となる。

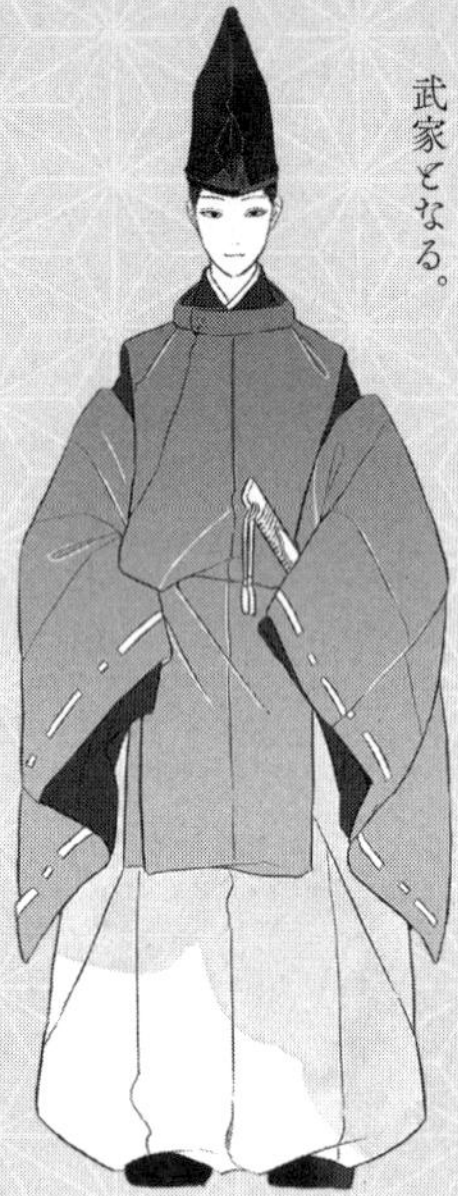

◉松姫《まつひめ》

徳川頼宣《とくがわよりのぶ》の娘。
将軍・家綱《いえつな》の命で信平に嫁ぐ。

◉信政《のぶまさ》

信平と松姫の一人息子。
元服を迎え福千代から改名し、
修行のため京に赴く。

◉五味正三《ごみしょうぞう》

北町奉行所与力。
ある事件を通じ信平と知り合い、
身分を超えた友となる。

⦿お初《はつ》　老中・阿部《あべ》豊後守《ぶんごのかみ》忠秋《ただあき》の命により、
信平に監視役として遣わされた「くのいち」。
のちに信平の家来となる。

⦿葉山善衛門《はやまぜんえもん》
家督を譲った後も家光に
仕えていた旗本。
家光の命により
信平に仕える。

⦿道謙《どうけん》　公家だった信平に、
京で剣術を教えた師匠。信政を京に迎える。

⦿四代将軍・家綱《いえつな》　本理院を姉のように
慕い、永く信平を庇護する。

⦿江島佐吉《えじまさきち》　「四谷の弁慶」を名乗る
辻斬りだったが、信平に敗れ家臣になる。

⦿千下頼母《せんげたのも》　病弱な兄を思い、
家に残る決意をした旗本次男。

⦿鈴蔵《りんぞう》　馬の所有権をめぐり信平と
出会い、家来となる。忍びの心得を持つ。

⦿光音《みつね》　若き陰陽師《おんみょうじ》。加茂光行《かもみつゆき》の孫。
千里眼を持つ。

⦿下御門実光《しもみかどさねみつ》　政の実権を朝廷に戻そうと
暗躍する。京の魑魅《すだま》とも呼ばれる巨魁。

イラスト・Minoru

若君の覚悟――公家武者 信平《のぶひら》(八)

※

山深い街道を、大名行列が粛々と進んでいる。

江戸を目指しているのは、三つ葉銀杏《いちよう》の家紋を掲げた東北の大名だ。

七万石の家柄にふさわしい行列は、やがて、道幅が狭い谷間に差しかかった。

陸尺《ろくしやく》が担ぐ大名駕籠《かご》が切り通しに入って程なく、突如として、左右の急斜面から無数の岩が転げ落ちてきた。人の頭ほどはあろうかという岩が、行列に降りかかる。

いち早く気付いた馬廻《うままわ》りの一人が危険を叫んだが、大名駕籠の前方を歩いていた弓衆が直撃されて倒れ込み、また後方では、鉄砲衆から悲鳴があがった。

なおも続く岩の雨に、どうすることもできず混乱する行列。

岩がやっと止まり、無傷の者たちはその場から離れるため我先に走った。切り通しの出口に向かう藩士たちには、左右の頭上から矢が放たれた。

胸や頭を射貫《いぬ》かれた藩士たちが、次々倒されていく。

「殿をお守りしろ！」

馬から降りた家老が叫び、馬廻り衆と共に駕籠を囲んで矢を切り飛ばす。

「走れ！」

馬廻りの筆頭が叫び、駕籠を担ぐ陸尺を叱咤《しった》して、切り通しの出口へ向かう。

弓攻撃の次は、頭上から黒装束の集団が飛び降りてきた。

顎《あご》から鼻まで布で隠し、肌を墨で塗り潰している忍びらしき者どもは、目だけが異常に目立つ。

四、五十人の集団が駕籠の行く手を塞ぐのに対し、藩士たちは刀を構えた。

「殿をお守りするのだ。かかれ！」

徒頭《かちがしら》の号令で、藩士たちは一斉に気合をかけ、敵に向かって走る。忍びも前に出て激しくぶつかり、斬り合いになった。

駕籠を守る家老と馬廻り衆は、藩士たちが命を賭して空けた僅かな隙間をすり抜け、切り通しから出た。

忍びたちが追おうとするが、手練《てだれ》が揃《そろ》う藩士たちがよく守り、押し返している。

「このまま次の宿場までゆくぞ！」

家老が命じた時、狭い谷間の前方に、三人の曲者《くせもの》が現れた。

一人は、肩に猿を乗せた女。宇治《うじ》にある鷹司《たかつかさ》松平信平《まつだいらのぶひら》の領地で、銭才《せんさい》と共にいた猿姫《さるひめ》だ。

無表情の猿姫が右手を前に振ると、左右に並んでいた二人の男が、同時に前に出る。すると、総髪で隻眼《せきがん》の男のほうが手で制した。

「近江《おうみ》殿、銭才様の右腕たる貴殿が出るまでもない。ここはお任せを」

近江と呼ばれた男は、鋭い目を向ける。

「では、お手並み拝見」

腕組みをして見送る近江を一瞥《いちべつ》した刺客が、止まっている大名駕籠に歩む。

六尺はあろう長身の刺客は、小袖と袴《はかま》、左目を覆う眼帯まで、光沢のある紺色に統一している。見えぬ左を補うように大きく見開かれた右目は、獲物に嬉々《きき》とする眼差《まなざ》し。刀を構える家老たちと対峙《たいじ》して止まり、右足を前に出し、腰に帯びている長刀の鯉口《こいぐち》を切った。

「恨みはないが、お命ちょうだいする」

「何を……」

家老は虚勢を張ろうとしたものの、前に出ることができず、憎々しい顔をした。

そんな家老の前に、編み笠《がさ》を着けたままの侍が出てきた。

「この者はそれがしが斬り申す。方々は殿をお守りください」

そう言って編み笠を取り、刀を抜いた侍が、隻眼の刺客に落ち着いた顔を向ける。

「念流指南役、里口一哲《さとぐちいってつ》だ。名乗れ」

「相模《さがみ》だ」

里口は睨《にら》んだ。

「本名を名乗れ」

「ふん」

鼻先で笑った刺客が、長刀の切っ先を里口の顎に向けて正眼に構える。この者が持つ刀は、帝《みかど》の刀匠、三倉内匠助長胤《みくらたくみのすけながたね》が打った刀の中で、唯一の長刀だ。

正眼で応じた里口は、じりじりと間合いを詰めた。

片方は谷、片方は切り立った崖の狭い道では、正面からぶつかるしかない。

両者間合いを詰め、切っ先が交差した刹那に、同時に斬りかかった。

刃と刃がかち合い、両者が引く。

間合いが空いたところでふたたび正眼で対峙し、相模は油断なく、ゆっくり間合いを詰めていく。

里口は、相模が己の間合いに入った刹那に、

「えい！」

気合をかけて刀を袈裟懸《けさが》けに振るった。

鋭い太刀筋であるが、見切った相模は、刀と刀が交差するように斬り下ろした。

切っ先を下げたまま止まった里口は、相模を睨んだ。しかしそれは一瞬のことで、額から垂れた鮮血が眉間を伝うと、呻《うめ》き声もあげずに倒れた。

家中随一の遣い手である里口が倒されたことに、家老と馬廻り衆は動揺するも、

「怯《ひる》むな！」

馬廻りの一人が叫んだことで闘志を奮い立たせ、果敢に迫り、斬りかかった。

相模は、下段の構えから斬り上げてくる馬廻りの刀を長刀で打ち止めると同時に、刃を肩に当てた。

目を見張る馬廻りに、にたり、と笑って引き斬り、谷へ蹴り落とした。

「おのれ！」

叫んで斬りかかる二人目の一刀をかわして、前に出ざまに腹を斬り、三人目が突いてきた刀を打ち払い、右の片手斬りで足を狙う。

脛《すね》に深手を負い、背中から倒れて呻く馬廻りは、目を見張った。逃げる間もなく首を突かれ、声も出せずに息絶えた。

長刀を引き抜いた相模は、駕籠を守る家老と馬廻りに迫る。

「通さぬ！」

叫んだ馬廻りが斬りかかった刀をかわした相模は、飛んで振り向きざまに長刀を打ち下ろし、相手の背中を袈裟斬りに倒す。

着地して切っ先を向ける相模に、家老は引きつった顔で刀を振り上げて斬りかかろうとしたのだが、長刀で胸を貫かれた。

倒れる家老を見もしない相模が、駕籠に迫る。

悲鳴をあげて逃げる陸尺たちを、忍びどもは見逃している。藩士たちは命までは奪われていないものの、ほとんどの者が傷を負い、道に転がって呻いている。

駕籠に残ったままの大名は、自ら戸を開けた。

刺客を見て驚き、四十代後半の顔に怪訝《けげん》そうな表情を浮かべて言う。

「相模、余は従うと言うたはずだ。何ゆえ襲う」

相模は苦み走った面持ちで長刀の切っ先を向け、

「貴様は、信用できぬそうだ」

告げるや、腹を突き刺した。

苦しむ大名に、相模は不気味な笑みを浮かべ、

「この刀はよう切れる」

そう言うと引き抜き、大上段から、駕籠ごと大名を斬った。

第一話　八万両の薬

一

鷹司松平信平は、息子の信政《のぶまさ》と木刀を構えて対峙している。

風が鞍馬山《くらまやま》の木々を鳴らし、二人の前に桜の花びらが一つ、ゆらゆらと舞い降りてきた。地面に着く間際に、信政が振るった木刀の刃風によって舞い上がる。

下からの攻撃を、足を右に運んでかわした信平は、追って打ちかかる信政の木刀を受け止め、峰を押さえて自らの後方へ押しやった。

つんのめる信政であったが、信平が背中をめがけて打ち下ろした一撃を、木刀を後ろに回して、見もせず受け止めた。

間合いを空けた信平は、息を上げずに二刀を構える信政に対し、左足を出し、木刀をにぎる右手を背後に引き、左の手刀を立てた構えをとる。

舞い上がっていた桜の花びらが、ふたたびゆらゆらと、二人の前に落ちてきた。

「やあ」

信政は若い声で気合をかけ、前屈《まえかが》みに出た。

左右の手ににぎる木刀を交互に振るいながら迫り、信平の目を攪乱《かくらん》する。そして、信政渾身《こんしん》の一撃を、動かぬ信平の肩に打ち下ろした。当たるかに見えた刹那、木刀は空を切り、転瞬の間に腹を打たれた信政は、呻いて片膝をついた。

「惜しかったのう、信政」

自分のことのごとく悔しそうに言うのは、岩の上であぐらをかく師、道謙《どうけん》だ。

信平は、道謙の声で木刀を引き、信政に手を差し伸べた。

昨年の秋に別れて以来見る息子の顔は、より精悍《せいかん》さを増し、太刀筋も鋭くなっている。

「危ういところであった」

信平が言うと、信政は笑みを浮かべて手を取り、痛みに耐えて立ち上がった。

「まだまだ、遠く及びませせぬ」

袖で汗を拭う信政は、信平に頭を下げ、道謙に向かって頭を下げた。

うむ、と応じた道謙が、

「茶を淹《い》れてまいれ」

命じると、信政は急斜面を飛ぶように駆け下り、山の家に戻った。

道謙は信平に言う。

「三倉内匠助のことが落着してずいぶん経《た》つが、今まで何をしておった。京は、まだ騒がしいのか」

「いえ」

「では、何ゆえ顔を出さなんだ」

「動きを見張る者がおりましたゆえ、ご迷惑がかかると思い遠慮をいたしました」

道謙は探る目をした。

「お前が手こずるとは、相手はそれなりにできる者か」

信平は道謙を見てうなずいた。

「名は肥前《ひぜん》と申します。二度ほど闘いましたが、いずれも逃げられました」

「それほどの者なら聞こえてもよさそうなものじゃが、知らぬ名じゃな」

道謙が顔に憂いを浮かべる。

「見張っていたのはその者か」

「おそらく。ですが、今はおりませぬ」

「互角の腕を持ちながら命を狙わぬとは、相手もお前を恐れているか、あるいは、奴《やつ》らにとって邪魔でなくなったということか」

「三倉殿の件から今日まで、京を警戒していましたが何も起きず、ほぼ宇治の領地におりましたせいかもしれませぬ」

「魑魅《すだま》は、京におらぬのやもしれぬ。静かなのは、かえって不気味じゃな」

「はい。今日は……」

信平が言おうとした時、信政が戻ってきた。

「師匠、父上、支度が整いましてございます」

「うむ」

下で聞こう、と言って立ち上がった道謙は、軽やかな足取りで斜面をくだった。

付いて下りた信平は、家の縁側に腰かける道謙の前に行き、これより江戸に帰ることを告げた。

「今からでございますか」

驚き、寂しそうな顔をする信政に、信平はうなずく。

「御大老の酒井《さかい》殿から早馬がまいり、上様の命により、直ちに戻ることとなりました」

信政はそれでも、寂しそうに目を下げた。

道謙が厳しい面持ちで言う。

「まさか、京の魑魅が、江戸で動いたのか」

「いえ。上様が頼りにされる会津《あいづ》のご隠居様が、身罷《みまか》られたからです」

「会津の隠居といえば、家康《いえやす》公の孫の、保科中将正之《ほしなちゅうじょうまさゆき》殿か」

「ご存じでしたか」

「名だけはの。会津中将殿がこの世を去ったことは、将軍家と公儀にとっては大きな損失と言えよう。おそらく下御門も知っておろうから、江戸で動きがあったのかもしれぬ。こころして帰れ」

「はい」

信平は頭を下げた。

信政が淹れてくれた茶を飲み、しばし親子の会話を楽しんだ。

下まで見送った信政が、別れ際に言う。

「わたしは元気で修行に励んでいると、母上にお伝えください」

信平は笑みでうなずき、励め、と言って、鞍馬を後にした。

千下《せんげ》頼母《たのも》を宇治の領地へ残している信平は、鈴蔵《りんぞう》のみを連れて馬を馳《は》せ、桜が散る頃に江戸へ戻った。先に帰っていた江島佐吉《えじまさきち》に迎えられ、赤坂の屋敷《やしき》へ入ったのは日が暮れてからのことだ。

馬を降り、表玄関に向かって歩みながら、公儀へ宛てた書状を無事城へ届けたという報告を佐吉から受けた信平は、こちらで何か動きがあったか問うたが、佐吉は首を横に振った。

「下御門のことも、銭才とその一味のことも、御公儀は何も教えてくれませぬ」

「さようか」

玄関に入ると、松姫《まつひめ》と葉山善衛門《はやまぜんえもん》が迎えに出ていた。

「旦那様、お帰りなさいませ」

「うむ」

狐丸《きつねまる》を外して渡した信平は、嬉《うれ》しそうな顔をしている松姫に笑みを浮かべる。

旅装束を解き、居間に入った信平は、落ち着かぬ様子の善衛門を座らせた。

信平の口から信政の様子を聞いた松姫は、まず食事を作っていることに驚き、別れ際に託した言葉を聞き、目を潤ませた。

善衛門も鼻をすすり、

「若君がご立派になられたお姿を、早《はよ》う見とうございます」

一日が千日に感じる、などと言い、首を長くしている。

信政のことは安心している松姫は、三倉内匠助夫婦のことを案じた。

「おつる殿のことは佐吉から聞いていますが、その後はいかがお過ごしでしょうか」

信平は、知っていることを隠さず教えた。

「京を発《た》つ十日前に、井伊《いい》土佐守《とさのかみ》殿から文が届いた。三倉殿とおつる殿は息災に暮らしておられる。近江朽木《おうみくつき》藩に守られておるゆえ、もう二度と、悪事に利用されることはない」

「それを聞いて、安堵《あんど》いたしました」

松姫は明るい顔で言い、京から急ぎ戻った信平の邪魔をせぬよう、奥御殿へ下がった。

松姫の打掛けの裾が見えなくなると、善衛門が口を開いた。

「殿、戻り次第登城せよとのお達しを受けておりますが、明日でよろしいかと」

信平はうなずいた。

「上様は、どのようなご様子だ」

「甥《おい》の正房《まさふさ》が申しますには、肩を落とされているとのこと。御尊父家光《いえみつ》公が、何ごとも会津中将を頼れと御遺言されたほどですから、無理もございませぬ」

信平は話を聞きながら、頼りにしていた舅《しゅうと》、紀州徳川頼宣《きしゅうとくがわよりのぶ》がこの世を去った時のことを思い出していた。

「上様は、何ゆえ麿《まろ》を呼び戻されたのだろうか」

「むろん、殿を頼りに思うておられるからに決まっております」

善衛門は決めつけて言うが、信平は首を横に振る。

「会津のご隠居様は、いつ身罷られたのか」

「公になったのは先月でございますが、お亡くなりになられたのは昨年の師走だったそうです」

「病か」

「そう聞いています。三田《みた》の藩邸で、静かに息を引き取られたそうです」

銭才が関わった様子ではないことに、信平は安堵した。

翌朝、信平は一番で登城した。

通されたのは、本丸御殿の黒書院でも白書院でもなく、中奥御殿の居室だった。

現れた家綱《いえつな》は、善衛門から聞いたとおり、いささか元気がない。

信平があいさつをすると、家綱は優しい笑みを浮かべた。

「急に呼び戻してすまぬ」

臣下に詫《わ》びるところは家綱らしいが、そばに付き添う酒井大老は不服そうだ。

滅相もございませぬ、と頭を下げる信平に、酒井は厳しい態度で接する。

「会津の隠居殿が身罷られたのは、怪しい動きをする者どもに睨みを利かせるにあたり、かなりの痛手だ」

頭を上げた信平は、酒井を見た。

「それは、文にてご報告申し上げたことに関わることですか」

信平は、銭才が不穏な動きをしていることを、佐吉に託した文で知らせていた。

酒井は否定せず、厳しい顔で言う。

「そなたが文で教えてくれた、銭才と申す隠居だが、わしはその者こそが、下御門実光ではないかと睨んでおる。そなたも、疑《うたご》うておるのではないのか」

信平は顔を上げた。酒井から探るような目を向けられ、今の気持ちを口にした。

「確信は持てませぬが、怪しいとは思うておりまする」

酒井は、やはりそうか、という目顔でうなずく。

「今はあえて、銭才と呼ぼう。その怪しき隠居を早急に捕らえて真相を暴かねば、会津の隠居殿がお隠れになられたのを機に与《くみ》する大名どもをそそのかし、挙兵する恐れがある」

「与する大名とは、どなたのことをおっしゃっているのですか」

信平は疑問をぶつけたが、

「知ったところで、そなたにはどうにもできぬことじゃ」

酒井はつっけんどんに言い、訊《き》いてきた。

「それよりも、銭才の行方は、その後何も分からないのか。わざわざ江戸に呼び戻したのは、会津の隠居殿のこともあるが、銭才のことを直《じか》に訊くためでもある。上様の御前で申せ」

信平はうなずき、答えた。

「こちらの動きを探る影は常にありましたが、捕らえようとすれば去り、また探りに現れるを繰り返しておりました。ですが京では何も起きず、町は静かです。銭才はすでに、京から姿を消したものと思われます」

すると酒井は、口角を下げて信平を見据えた。

それまで黙っていた家綱が、信平に声を発したのはその時だ。

「実は先日、気がかりなことが起きた」

「上様……」

慌てた酒井が止めようとしたが、家綱は手で制す。

「信平には知っておいてもらう」

近頃は酒井の言いなりだという声が聞こえる家綱が、押して話そうとしている。

よほどのことと思った信平は、言葉を待った。

家綱は、酒井から信平に顔を向け、硬い面持ちで言おうとしたが、信平の目の前に酒井が来て片膝をついて遮り、

「それがしから申し伝えます」

と言って頭を下げ、膝を転じて横向きになり、険しい顔を信平に向けた。

「五日前に、参勤交代のために江戸を目指していた外様《とざま》大名が、何者かに斬殺された。大名行列を襲撃されたうえに、藩主が落命するとはけしからぬことゆえ、改易を申しつけたところじゃ」

「銭才の仕業ですか」

まさかと思い訊くと、酒井は渋い顔をした。

「そこは調べておるところじゃが、何せ、公儀が目を付けておる大名に近しい者だったゆえ、違うやもしれぬ。いずれにしても、大名が斬殺されることが続いておるゆえ、上様は、世が乱れることを案じておられるのだ」

「どなた様かは存じませぬが、銭才にとって、邪魔になったのかもしれませぬ」

「うむ。武士の情けで、今は名を言わぬ」

信平は、酒井にうなずいた。

「信平」

声を発した家綱に、信平は顔を向ける。

「余は、そなたが申す銭才の仕業と思うておる。相手は大名行列を襲うほどの者。京でたくらみを阻止したそなたは、くれぐれも気を付けてくれ」

「はは」

信平は家綱に頭を下げた。

家綱がうなずくのを見ていた酒井が、信平に言う。

「今日呼んだのには今一つ理由がある。そなたが文に書いていた長崎の商人、成太屋《なるたや》源治郎《げんじろう》のことだ。顔を見れば本人か分かるか」

「いえ、名しか知りませぬ」

「そうであったか」

「成太屋が、いかがされましたか」

「実は、そなたが成太屋を見ているとばかり思い、江戸中の成太屋を名乗る商人を南町奉行所に入れておる。顔を検《あらた》めてもらおうと考えてのことだが、無駄であったな」

三倉内匠助が見れば分かるだろうが、信平は、井伊の領地で暮らしていることを教えるのを躊躇《ためら》った。

「その中に悪事をたくらむ成太屋源治郎がおりますれば、容易に捕まらぬはず。激しく抵抗した者はおりますか」

「いや、おらぬ。名も源治郎ではない」

「では、お解き放ちになっても差し支えないかと。おそらく江戸では、成太屋を名乗っていないと思われます」

「それもそうか」

酒井は残念そうに言葉を吐き、信平を見て言う。

「そなたが申すとおり、名を変えているかもしれぬ。今日は大儀であった」

「探索をお命じくださりませ」

「いや、今は大目付以下、町奉行所にいたるまで総出で動いておるゆえよい」

「はは」

「下がってよい」

酒井に言われた信平は家綱に頭を下げ、城をくだった。

二

赤坂の屋敷に戻った信平は、斬殺された大名や、銭才の暗躍が気になりはしたものの、酒井大老から無用と言われたことで、久々にゆっくりすると決めた。

昼からは、松姫がいる奥御殿の部屋で横になり、庭に咲く黄色い草花を眺めてくつろいでいた。

だが、気持ちが落ち着かぬ。

起き上がる信平に、松姫が驚いた顔をした。

「急に、いかがされました」

「ちと、気になることがあるのだ」

そう言って立ち上がると、表御殿に渡った。

姿を見た竹島糸《たけしまいと》が、松姫がいる部屋に行き、

「信平様は、何かお悩みごとがおありなのですか」

と言う。

松姫は、

「城からお戻りになってからずっと、考えごとをしておられる様子。訊いてもお答えになりませぬ」

そう言って、案じる面持ちをした。

「また何か、厄介ごとでなければよいのですが」

竹島糸も、心配そうだ。

表御殿に行った信平は、居間から五味正三《ごみしょうぞう》の声がしていることに気付き、そちらに足を向けた。

居間では、上がり込んだ五味がお初《はつ》の味噌汁《みそしる》をすすり、善衛門と佐吉を相手に世間話をしていた。

五味は信平に気付き、ぱっと明るい顔をする。

「お戻りになったと聞いてお邪魔をしています。久しぶりですね、若君の修行も順調のようで」

佐吉から聞いたのであろう。

信平は笑みでうなずき、いつもの場所に座った。

お初が来て、信平に茶を差し出すと、五味が言う。

「お初殿、今日も美味《おい》しい味噌汁でしたぞ」

するとお初は薄笑いを浮かべ、

「残り物ですが」

と言い、台所に下がった。

五味は尻を追うように振り向いて言う。

「いいんですよ。お初殿が作ったものならなんでも美味しいんですから」

「はいはい」

振り向きもせず行ってしまったお初。

それでも五味は、幸せそうだ。

ほのぼのとした中、信平は気持ちを切り替えて、善衛門に訊く。

「戻った時は申さなかったが、城で気になることを聞いた。五日ほど前、大名行列が襲われた話を知っているか」

するとと善衛門は、驚いた。

「いいえ、初耳です。どこのどなたが襲われたのですか」

「名を教えてもらえなかったゆえ、気になって訊いてみた」

「さようで」

善衛門が言う横で、五味が腹立たしげに言う。

「襲われたことを教えて名を隠すというのは、かえって気になりますな。ひょっとして、信平殿の気を引こうとしているのでは？」

信平は首を横に振った。

「疑いがある者の探索を買って出たが、無用と言われた。京でのことは、佐吉から聞いたか」

「銭才とかいう宇治にいた怪しい隠居のことなら聞きました」

「江戸に入っているやもしれぬゆえ、気を付けてくれ」

五味はまじめな顔になり、うなずいた。残っている味噌汁をすすり、表情をゆるめると、思い出したように言う。

「探索といえば信平殿、加茂光音《かものみつね》殿の千里眼《せんりがん》には驚きました。座ったまま捜し人の居場所が分かるというのは本当です？」

「すべてというわけではないようだが」

「ははあ、一度江戸にお招きして、神隠しに遭ったままになっている者たちを捜してもらいたいですな。銭才なる悪党の探索も頼めば、来ていただけますでしょうか」

信平も京を発つ時に同じことを考えたが、銭才には、光音と同等の力を持つ者が付いていることと、深い眠りに落ちるほど身体《からだ》に負担がかかることを思うと、頼めなかった。

「難しいと思う」

信平の答えに、五味は、

「やはり、京を離れたくないでしょうな」

光音については詳しく聞いていないらしく、あっさり引き下がった。

信平が言う。

「先ほどの大名のことだが、麿は銭才が深く関わっていると思う。京から姿を消した銭才の行方は分からぬままだが、その一味に、成太屋源治郎という商人がいる。これについては、南町奉行所が動いているそうだな」

五味は膝を打ち鳴らした。

「あれは、そういうことでしたか。江戸中の成太屋が引っ張られたというんで、ちょっとした騒ぎになっていました」

「その者たちはおそらく今日にでも解き放たれるだろうが、成太屋源治郎は、名を変えているかもしれぬ。冬から今日までに、江戸市中で大きな事件は起きていないか」

五味が答える前に、善衛門が口を開いた。

「殿、探索無用と言われたのですから、骨を折られなくてもよろしいですぞ。放っておきなされ」

不服そうではなく、案じている様子の善衛門をちらと見た五味は、おかめ顔に笑みを浮かべた。

「静かなものですよ。大きな事件はまったくなく、見てのとおり暇です」

信平は二人の気持ちを察して、肩の力を抜いた。

「それはよいことだ」

すると五味が、ぱんと手を打ち鳴らした。

「そういえばありますよ、変わったことが」

興奮気味の大きな声に応じて佐吉と鈴蔵が居間に入り、台所からはお初も来た。

皆、五味が銭才や成太屋に関わることを言うものと思って集まったようだが、五味の口からは意外な言葉が出た。

「木乃伊《みいら》、という代物が、高値で売られています」

すると、身を乗り出していた善衛門が落胆の声を吐いた。

「なんじゃそのことか。知っておるわい。船来の薬であろう」

そう言うと、五味はそれですよ、と指差し、信平に顔を向ける。

「知ってます？」

「いや、初めて耳にした」

「戻られたばかりですからな。お教えしましょう」

五味は張り切った様子で続ける。

「長崎から来た商人が売りはじめたのですが、これがたちまち評判となり、今では毎日行列ができてます。高直《こうじき》な薬なので大儲《おおもう》けをしていますよ」

「長崎……」

信平は、成太屋源治郎ではないかと疑い、名を訊いた。

五味は、橋田屋《はしだや》万作《まんさく》だと言う。

名を変えているかもしれぬと思う信平は、さらに訊く。

「あるじはどのような者だ」

「直《じか》に見たことはないですが、係りの同心が言うには、歳《とし》は三十五の細身、商売上手で、気性は穏やかな男のようです。店の奉公人も穏やかで人が好《よ》い者ばかりで、悪いことをしそうな連中ではないとも聞いています」

のだ。

「そうか」

信平は、薬のことが気になった。良《い》いものなら、師匠道謙と光音に送ろうと考えたのだ。

「何に効く薬だから、行列ができているのだ」

五味は身を乗り出した。

「実は、奉行所では当初、木乃伊の薬を怪しんでいたんです。南蛮の者が長生きをするために飲んでいる薬だなどとうたっていたものですから、偽りを申して金儲けをたくらんでいる輩《やから》だと、係りの同心に目を付けさせていたんです。これはその同心から聞いたことですが、江戸の者は新しいものが好きだから、珍しいものに騙《だま》されて飛び付いているだけだと思って、並んでいる客に問いましたら、なんとなんと、死にかけていた商家の婆《ばば》様が、木乃伊の薬を飲んで元気になったと言うじゃありませんか。おれは嘘《うそ》だと思い、出張って調べたところ、嘘じゃなかった。町の者はとうに知っていて、評判が広がり、年寄りや病人を持つ家の者だけじゃなく、若い者もこぞって欲しがっているんです」

「それはよいことではないか」

明るく言うのは善衛門だ。話を聞いている時から、嬉しそうに何度もうなずくのを見ていた信平は、欲しいのだろうと思った。

すると五味が、様子を探るような顔で善衛門に訊く。

「ご隠居は、どなたから聞きました？」

「甥の正房じゃ。飲めと言われて飲んだ。ここにも持っておるぞ」

腰に下げている印籠を見せる善衛門に、五味は目を見張った。

「飲まれたので！」

「おお、飲んだ。いささか身体が軽い気がする」

手で口を押さえる五味の態度に、善衛門が怒気を浮かべ、口をむにむにとやった。

「なんじゃ。毒だとでも言いたいのか」

「いえいえとんでもない。ただ……」

「ただ、なんじゃ」

「甥御《おいご》殿から、木乃伊の正体を聞いています？」

「身体に良いとしか聞いておらぬが、おぬしは知っておるのか」

「ええ、まあ……」

言うのを躊躇《ためら》う五味の態度に、善衛門は不安になってきたようだ。

「な、なんだというのだ」

「知らないほうがよろしいかも」

「ええい、もったいぶるな。はっきり言わぬか」

五味は、善衛門の印籠を見た。

「ではお教えしましょう。その印籠に入っている木乃伊の薬は、何百年も前に……、やっぱりやめた」

身を乗り出していた善衛門が、ふたたび口をむにむにとやる。

「そこまで申したのだから言え。何百年も前に、なんだというのだ」

「死んで、干からびた人の肉を粉にしたものです」

「う、嘘を、申すな」

聞いた途端に青い顔をする善衛門に、五味は言う。

「嘘じゃないですよ。町の者は承知で求めているんですから」

「う……」

善衛門は口を手で塞ぎ、縁側に走り出て嘔吐《おうと》した。

信平と佐吉たちは、木乃伊の正体に驚いて声も出ぬが、呑気《のんき》な五味は、善衛門の背中をさすってやりながら、

「死にやしませんよ」

と言いつつ笑っている。

三

その頃、南茅場町《かやばちょう》の橋田屋では、

「お客様、喧嘩《けんか》をなさらないでください。列を守って。あ、いけません、押さないで」

若い手代が、押し寄せる客たちを必死に止めていた。

木乃伊の秘薬を求める客が連日並ぶ橋田屋は、今日も朝から行列が途切れることなく、近所の店にも大迷惑。商売の邪魔にならないよう列を仕切っている若い手代は、もうへとへとだ。

そんな様子を格子窓から見ていたあるじの万作は、そばにいる大人しそうな男に喜びの顔を向けた。

「駿河《するが》殿、これでお分かりでしょう。わたしはね、商売上手なんですよ」

銭才の命で成太屋源治郎こと、王広治《おうこうち》の手助けをしている駿河が、成太屋源治郎の配下である橋田屋万作の店に来たのは昨日の夜だ。駿河は万作の自慢にいやな顔をせず、商人顔負けの愛想笑いをした。

「いやぁ、お見それしました。たいしたお方です」

これに気分を良くした万作は、さらに自慢を続ける。

「わたしはね、西洋の民が木乃伊の粉を万能薬として使っていることを知っていたからね、なんとか手に入らないものかと探っていたんだ。そんな時に、近々長崎に運び込まれることを長崎商館の者から教えてもらったんだ」

「ほう、それで？」

「必ず儲かります、と、成太屋の旦那様に申し上げて、和蘭《オランダ》船に手を回して誰よりも先に手に入れたんだ。他の薬種問屋が、悔しがっていたさ」

得意げに言う万作に、駿河は微笑《ほほえ》みを絶やさないものの、言うべきことは言う。

「しかし、数が少ないですね。店にある木乃伊は三体のみ。一つは客に見せるものだと言うなら、使えるのは二体のみでしょう。すぐに底をついてしまい、あまり儲からないのでは」

「ふっふっふ」

と、万作は悪い顔で笑い、駿河を格子窓から離して、三十代半ばの脂ぎった団子っ鼻の顔を、若くて色白で、大人しそうな面持ちをした駿河に近づける。

「大きな声では言えませんがね、今店に出して売っている薬の中身は、牛の肉を焼いて乾燥させた偽物です」

駿河はうなずき、

「なるほど、そういうことですか」

と、感心し、万作から離れて店の様子を見た。

老若男女の客たちが帳場に向かって並び、手代たちが一袋ずつ渡し、代金を受け取っている。

銭箱は見る間に一杯になり、手代が奥へ運び、空の銭箱を持ってきた。

「いい景色でしょう」

横に並んで言う万作を、駿河は奥へ誘い、苔《こけ》むした中庭が見える廊下で立ち止まった。

「しかし不思議です。いくら江戸者が新しい物好きだといっても、凄《すご》い評判だ。どうやって客を集めたのです」

そう訊くと、万作はくつくつ笑った。

「今渡しているのは偽物ですが、初めはちゃんと、本物を売っていたんですよ。木乃伊が何かを教えたら、ほとんどの客は気持ち悪がって買おうとしませんでした。でもね、持病に苦しんでいる客は、藁《わら》にもすがる思いですから、買ってくれたんです。そしたら、長く患っていた胸のつかえが治ったり、死にかけていた老婆が快復したんですよ」

「にわかには信じられませんが」

「それが本当なんです。評判が評判を呼んで、あっという間に人気が出ましてね、一袋二千文という高直ですが、こぞって買っていくようになったんです。わたし自身も木乃伊の効能を信じていたのは確かですから、今でも本当に具合が悪そうな者には、本物を売っています」

「まるで薬師のようなことを言う」

「ええ、本物の薬師ですから」

駿河は目を見張った。

「ほう、それは初耳です。今はどう見ても悪徳商人の面構えですが、そういう一面もあるとは驚きです。分からないものだ」

「ふっふっふ。あなた様もじゃないですか。気の優しそうな顔をしていても、銭才様自慢の十人衆の一人だ」

「今は、橋田屋の手代ですよ」

「そうでした。しかしまあ、正直なところ、ここまで人が集まるとは思っていませんでした。これだけ儲かれば、軍資金はすぐ集まりますよ。木乃伊がなくなる前に、次の商売を考えないといけませんね」

万作はいささか慢心している。

だが駿河は不機嫌にならず、優しい笑みを浮かべて言う。

「万作さん、考えなきゃいけないのは商売のことではありませんよ。我らの本当の狙いを忘れてもらっては困ります」

「これは……」

万作は手で自分の額をたたいた。

「わたしとしたことが、つい、商売っ気が出てしまいました」

苦笑いで言う万作が店に戻り、駿河も続いて行くと、にわかに外が騒がしくなった。

悪事を知らぬ若い手代が駆け込み、

「旦那様、大変です」

焦った様子で、商売の邪魔をする者がいると言う。

「なんだって!」

慌てる万作に続き、駿河が出てみれば、先ほどまで並んでいた客たちがいない。

万作が手代に、どういうことかと訊くと、手代はあたりを見回し、一人の若者を指差した。

「いました。あいつです。あいつが来て、木乃伊の薬なんてものは飲んでも効きやしない。ただの気休めだなんて言うものだから、お客さんたちが信じて帰ってしまわれたんです」

万作は舌打ちをして、若者を見た。その者は今も、橋田屋に来ようとしていた男女を捕まえ、何か言っている。夫婦と思《おぼ》しき中年の二人は、若者の声に耳をかたむけ、怪訝そうな顔を万作たちに向けながら歩んできて、通り過ぎていった。

駿河は万作の袖を引き、小声で言う。

「邪魔をする者は殺すのみ」

驚いた万作は、手代に聞こえないよう声を潜めた。

「そんなことをすれば厄介なことになりますから、ここは任せてください」

そう言うと、何も知らない江戸生まれの手代を手招きして呼び寄せ、財布から小判を二枚出して持たせた。

「これを自身番に届けとくれ。お役人に渡して、商売の邪魔をされているから助けてくれと言いなさい」

応じた手代は、一目散に走っていった。

そのあいだも男は通りを離れず、橋田屋に足を向けようとする者がいれば走ってきて止め、騙されるな、銭をどぶに捨てるようなもんだと言っている。

万作に引かれて店の中に入っていた駿河は、

「困りましたねぇ」

と、悪事を知らぬ奉公人たちに、笑みを浮かべて言った。

程なくやって来た町役人と若い同心が、まだ店の前にいた男がそうだと手代に教えられ、駆け寄っていく。

「せん吉《きち》！　お前か！」

若い同心が、邪魔をする男の顔を見て怒気を浮かべた。

言われて、男が同心を見た。

「あ、新藤《しんどう》の旦那、ご苦労様です」

「何を言ってやがる。おめぇが商売の邪魔をするから呼ばれたんだろうが！　どういう了見だ、ええ？　まさかおめぇ、小銭欲しさのいやがらせか」

するとせん吉が、不服そうな顔をした。

「違いますよ。おいらは親父《おやじ》の病を診てもらった佐谷詮陽《さたにせんよう》先生から、この耳で確かに聞いたんです。評判の先生がそうおっしゃったんだから、間違いないんです」

「偉そうに胸を張るんじゃねぇ。何がどう間違いねぇってんだ」

「木乃伊の薬のことに決まってるじゃないですか。あんなもんは気休めだ。中身だって、本物かどうか分かったもんじゃねぇですから、町のみんなが騙されないように、言って回ってるんです。これは、人助けなんですよ」

「なんだと、詮陽先生がそう言ったのか」

「ええ、おっしゃいましたとも」

そばで聞いていた客たちは、

「あの詮陽先生がおっしゃるなら、間違いないな」

「そうだな。騙されるところだった」

「なぁんだ、期待して損した」

と、口々に言い、橋田屋に白い目を向けはじめた。

「こ、このままではまずい。成太屋の旦那様に殺される」

焦る万作に、駿河は慌てるなと言って知恵を授けた。

目を見張って顔を向けた万作に、

「いいですね」

駿河はそう言い、先に立って外へ出ると、焦った様子で同心に歩み寄る。

「冗談じゃない。手前どもの薬は確かに本物です」

するとと新藤が、まじめそうな顔を向けた。

「お前は見ない顔だな。店の者か」

「はい。あるじの用で旅に出ておりました。左平太《さへいた》と申します」

「うむ」

新藤は、偽名を使う駿河にうなずき、万作に顔を向けた。

「万作、番屋まで来てもらおうか」

「新藤様、お待ちください。みなさんも。手前どもは騙してなどいません。お疑いのようですから、薬の元になっている木乃伊をご覧いただきます。さ、どうぞお入りください。せん吉様もどうぞ、ささ、こちらへ」

万作が暖簾《のれん》を分けて誘う。

すると新藤が、せん吉に顔を向けた。

「こうまで言っているんだ。その目で確かめたらどうだ」

「望むところでさ」

せん吉は肩で風を切り、店に入った。

駿河が新藤を招いて中に入ると、万作は、奉公人たちを連れて蔵に行った。

待つこと程なく、奉公人たちが長い木箱を四人がかりで持って戻り、店の三和土《たたき》に置いた。

万作がせん吉を手招きする。

「ささ、近くで見てください」

せん吉は応じて前に出た。

万作がうなずくと、奉公人たちは蓋を開け、覆われていた布を分けた。

のぞき込んでいたせん吉は、木乃伊がなんたるかを知らずに騒いでいたらしい。

「うわあ！」

干からびた物体が人だと知るなり大声をあげ、腰を抜かしてひっくり返った。

初めて実物を見た新藤も驚き、声を失っている。

万作は得意そうな面持ちで、店にいる者たちを見回して言う。

「木乃伊は、遠い西の果ての国の人で、亡くなって千年以上も経っています。南蛮の王族や貴族といった身分が高い人は、万能薬として、木乃伊を粉にして飲んでいるのです。言うなれば、あれですな、琉球《りゅうきゅう》の人々が毒蛇を干したのを粉にして飲むのと同じで、身体に良いものと信じられているのですよ。薬と思えば、どうってことはない。せん吉さん、お一つさしあげましょう」

　懐から出した袋を差し出すと、

「ひいい」

せん吉は四《よ》つん這《ば》いで外へ出て、逃げ帰った。

「はは、だらしのねぇ若造だ。おい橋田屋、一つとは言わねえ。四つくれ」

初老の男が小判を二枚出し、買い求めていった。

それを機に、おれも、わたしも、と、こぞって客が求め、店に活気が戻った。

新藤は、

「しょうがねぇ野郎だ」

と言って笑い、何ごともなかったように帰っていく。

外まで見送った駿河は、頭を下げた顔に、満足した笑みを浮かべた。

四

万作と駿河が狙う、

「獲物」

が橋田屋の行列に並んだのは、その二日後だ。

焦った様子で順番を待っていた若い侍は、ようやく自分の番になり、手代に招かれて店の暖簾を潜《くぐ》ろうとしたのだが、中から出てきた男とぶつかった。

手代が驚き、

「左平太さん、気を付けてください」

言われた左平太こと駿河は、

「あいすみません。うっかりしていました」

若い侍に平あやまりした。

「よいよい」

相手にしている間も惜しい若い侍は、適当にあしらい、中に入った。

迎えた別の手代に、頭を下げた。

「すまぬが、今すぐ木乃伊の秘薬を売っていただきたい」

手代は丁寧に応じる。

「御武家様、失礼ですが、どちらのご家中のお方でございますか」

侍は、他の客の目を気にした。

「言わなければ売ってもらえないのか」

手代は愛想笑いを浮かべる。

「あるじから、御武家様にご無礼のないよう、御家とご家中の御名前を必ずおうかがいするよう、きつく言いつけられておりますものですから」

「そうか。拙者、陸奥《むつ》山元藩《やまもとはん》、宇多《うだ》長門守忠興《ながとのかみただおき》の家臣、箱田《はこだ》新兵衛《しんぺえ》と申す」

「はは、少々お待ちを。今、あるじを呼んでまいります」

手代が下がると、客たちから声が聞こえてきた。

「御武家に対しては、おれら庶民とは扱いが違うな」

「当然だ。なんたって御武家だもの、奥へ通して茶でも出すのさ。金箔《きんぱく》のまんじゅう付きでな」

愚弄された気分になった箱田が見ると、男二人は顔をそらし、薬を受け取ってそそくさと帰っていった。

そこへ、先ほどの手代が戻り、若草色の小袖と羽織《はおり》を着けたあるじが、上《あ》がり框《がまち》のところで正座して、両手をついた。

「あるじの万作でございます。箱田様、ようこそおいでくださいました。木乃伊の秘薬をご所望とうかがい……」

「そうだ」

箱田はあるじの言葉を切り、急いだ。

「すぐにいただきたい」

すると万作が横を向いて薬の箱を見て、申しわけなさそうな顔をした。

「あいにく、売り切れてございます」

「いや、あるではないか」

そう言って、他の客に薬を売っていた奉公人を指差したが、先ほどまであったはずの薬の袋がなかった。

最後の一袋を受け取っていた町の中年女が、取られてはたまらない、といった様子で足早に出ていった。

手代が外に出て、待っている客に売り切れを告げている。

箱田は、走ってきた疲れがどっと出たが、ここであきらめるわけにはいかない。

「頼むあるじ、なんとかしてくれ」

「その焦りようは、よほどのご事情がおありとお見受けしました。よろしければ、お話しください」

「言えば、なんとかしてくれるのか」

万作はうなずいた。

「いたしましょう」

箱田は、すがる思いで話した。

「実は五日前に、殿が急にお倒れになったのだ。医者は原因が分からぬらしく、首をかしげるばかりで一向にようなられぬので心配していた時、ここの噂《うわさ》を耳にして来たのだ。殿は近々参勤交代で国許《くにもと》へ発たねばならぬ。頼む。今売った者から、買い戻してくれぬか。金なら欲しいだけ出す。このとおりだ。頼む」

箱田は拝むように手を合わせ、頭を下げた。

「どうか、頭をお上げください。事情は分かりました。せっかく来ていただいたのですから、特別に、取って置きをお譲りしましょう」

箱田は明るい顔を上げた。

「あるのか」

万作はうなずく。

「手前は持病がありますので、一つ残しておいたのです」

「よいのか。申しわけない気もするが」

「なぁに、お大名家の殿様にくらべれば、手前の命など、鳥の羽のように軽いものです。今取ってまいりますから、少々お待ちを」

これで殿が助かるはず、と、期待した箱田は、万作が持ってきた薬をありがたく受け取った。

「二千文だったな。銭ではなく銀で払わせてくれ。釣りはいいから」

代金を払おうとしたが、懐にあるはずの財布がない。

「おかしいな」

着物をまさぐって探す箱田に、万作は優しく言う。

「こうしてはどうでしょう。薬が効いて、殿様が快癒されましたら代金をいただくということで」

「いや、それでは申しわけない。出なおしてくる」

「お待ちを。殿様が快癒されたなら、手前どもにとっても喜びごと。一刻も早くお飲みいただくためにも、出なおすだなんてそんな、時がもったいのうございます。代金は後でよろしゅうございます。薬を受け取ったという証文に一筆いただければ、なんの問題もございません」

なんとしても薬を手に入れたい箱田は快諾し、

「そなたは、できた御仁だな」

と、感激して頭を下げ、示されるまま証文に名を書いた。

木乃伊の薬を受け取った箱田は、表まで見送った万作に、

「殿が治られたら必ず礼をする」

と言い、ふたたび頭を下げて帰った。

見送った万作は中に入り、奥の自分の部屋に戻った。

先に戻っていた左平太こと駿河の前に座り、薄笑いを浮かべる。

「筋書きどおりに運びましたよ」

すると駿河は、目尻を下げて笑みを浮かべ、箱田の懐から抜き取った財布を見せた。

万作が言う。

「しかし、今お渡しした木乃伊の薬が、本当に効きますかね」

駿河は財布を投げ渡し、たくらみを含んだ笑みをする。

「あの侍が持って帰った中身は、木乃伊の薬なんかじゃありませんよ」

「え？　どういうことです」

「宇多長門守は急な病などではなく、銭才様が上屋敷《かみやしき》に送り込んだ間者が毒を飲ませたのです。ここへ来るよう仕向けたのも、その間者の仕業。木乃伊の薬がよく効く

と、耳に入れたからです」

　万作は驚いた。

「では、先ほどの薬は……」

「お察しのとおり、毒消しです。だから、飲めばすぐに良くなる。ふ、ふふふ」

「お人が悪い。教えていただければ、もっとうまく芝居をしましたものを」

「本番は、ふたたびあの侍が来た時です。しっかり頼みますよ」

　駿河はそう言うと、部屋から出ていった。

　そして二日後、箱田は軽い足取りで橋田屋を訪ね、順番を待っている客たちに、

「木乃伊の薬はよう効くぞ」

　と言い、暖簾を潜った。

「あるじはいるか。箱田新兵衛でござる」

「箱田様、少々お待ちを」

　手下の番頭が奥へ行き、程なく万作が出てきた。

「これはこれは、箱田様。いかがでございましたか」

「おかげで殿が床払いをされた。木乃伊の薬は、評判どおりであったぞ」

「それはようございました」

「殿もたいそうお喜びでな。今日は礼をしにまいった」

「さようでございますか。ささ、お上がりください」

万作に招かれるまま奥の客間に入った箱田は、改めて礼を言い、持っていた袱紗《ふくさ》包みを差し出し、開いて見せた。

「ここに二十五両ある。受け取ってくれ」

きっと喜ぶであろうと思っていた箱田であったが、万作は、困惑した面持ちで言う。

「箱田様、これではお約束が違います」

「んん？　なんのことだ」

「お忘れでございますか。殿様が快癒された暁には、薬代を支払っていただけるお約束ではございませんか」

箱田は小判を見て言う。

「だからこうして、過分に持ってきたではないか」

「いえいえ。足りませぬ」

「何、足らぬだと」

「はい」

万作は、傍らに置いていた手箱から取り出した証文を、箱田の前に広げて見せた。

箱田が署名をした時にはなかったはずの、金額が記されていた。

驚いた箱田は、

「八万両だと！」

思わず叫んだ。

「はい。八万両です」

当然のように言う万作。

箱田は、さすがに腹が立った。

「馬鹿を言うな。八万両もする薬がどこにあるか！」

「まあまあ、箱田様、殿様のお命が助かったのですから、安いものではございませんか」

「払えぬ。払えるものか！」

「弱りましたな。約束を違《たが》えるとおっしゃるなら、お上に訴えることになりますが、そうなれば、御家《おんけ》は信用ががた落ち。訴えた手前どもも、金の亡者などと悪い噂が立ちます。どうでしょう、八万両の代わりに、御領内の港を自由に使わせていただくということで、手を打ちませんか」

箱田は身を乗り出す。

「港だと？　どこのことを言うておる」

「陸奥藩の旧領だった、船越《ふなこし》の港でございます」

「何！　御公儀から預かっている港を貸せと申すか」

「はい」

「あそこは、特に厳しく見張れと御公儀から命じられている港だぞ。そこで何をするつもりだ」

「そのような怖い目で見られては、肝が縮みます。決してご迷惑はおかけしません。これをご縁に、長崎から船で木乃伊を運ぶために使いたいと、こう考えたのでございます」

「木乃伊を運んでどうする」

「木乃伊の薬を、北国にも広めたく存じます」

箱田は安心した。

「そういうことか。しかし、御家老がなんと言われるか」

万作が畳みかける。

「ただとは言いませぬ。使わせていただけるなら八万両の薬代はいただきませんし、儲けの一部を、運上金としてお支払いします。どうでしょう。悪い話ではないと思いますが」

「今申したこと、まことであろうな」

「はい。覚え書きをお渡ししますから、ご相談ください」

「よし、分かった」

万作から覚え書きを受け取った箱田は、きっと許されるはずだと言い、帰っていった。

「うまくいきそうですよ」

万作が言うと、隣の襖《ふすま》を開けて駿河が出てきた。

「いい役者ぶりでした。この調子で頼みます」

座って言う駿河に、万作は笑みを浮かべる。

「まさか、手前のような薬屋が大量の武具鉄砲を運ぶとは、思いもしないでしょうな。今頃あの若造は、藩主に褒められることを想像しながら帰っていることでしょう。運上金をたっぷり渡して、よい夢を見せてやりますよ。それにしても、公儀の信頼厚い山元藩に目を付けるとは、さすが銭才様。肝が太い。一度、お目にかかってみたいものです」

「これがうまくいけば、直にお褒めいただけるでしょう」

「それは、楽しみ、楽しみ」

もはや港は我らのものだ、と言った万作は、余裕の面持ちでたばこをくゆらせた。

その翌日、箱田は三人連れで店に来た。

店に入るなり、箱田は客の前で、大声を張り上げた。

「あるじを呼べ！　今すぐだ！」

「はい。只今《ただいま》」

箱田の剣幕に驚いた番頭が、慌てふためいて万作を呼びに行く。

出てきた万作は、箱田がご立腹だと聞いたのだろう。なだめるような態度で奥の部屋へ誘ったが、箱田は聞かず、橋田屋の文字が入った薬の袋を投げつけた。

「万作、よくも騙してくれたな」

「な、なんのことでございます」

「とぼけるな！」

「箱田、落ち着け」

怒る箱田を黙らせた中年の侍は、身なりからして上役。

その中年の侍が、万作に厳しい顔を向ける。

「山元藩江戸家老の木元《きもと》だ。そのほうの所業と、こたびのことがあまりに出来すぎておるゆえ藩邸を調べたところ、奥御殿で奉公している女中の中に、怪しい者がおったゆえ捕らえようとしたが逃げた。そこで、そのほうが箱田に持たせた薬を調べたところ、木乃伊の薬などではなく、毒消しと判明した。これをどう説明する。返答によっては、ただではすまぬぞ」

配下の藩士が、刀の鯉口を切った。

客たちは悲鳴をあげ、我先にと外へ出ていく。

騒ぎの中、木元は、真っ青な顔をしている万作を睨む。

「答えよ」

すぐに答えぬ万作に、配下の藩士が刀を抜く構えを見せた。

万作は尻餅をつき、悲鳴じみた声で言う。

「お、お待ちを。手前がお渡ししたのは確かに木乃伊の薬でございます。嘘ではございません」

「黙れ！」

箱田が怒鳴った。

木元が落ち着いた声で言う。

「確かに、木乃伊の粉らしきものは入っておった。ばれぬよう混ぜたつもりだろうが、当藩出入りの医者、佐谷詮陽の目は誤魔化せぬ。間者を奥御殿へ送り込み、殿に毒を盛ったな」

「ち、違います」

万作はそれでも本物だと言い張った。そして、戸口から見ている客たちに聞こえる大声をあげる。

「さては御武家様、ありもしないことをおっしゃって、薬代を踏み倒して、港も使わせないつもりでしょう。手前は薬屋です。殿様に毒を盛るなんて、大それたことをするはずがございません。もうよろしい。代金もいりませぬし、御家とは関わりたくございませんから、帰ってください！」

見ていた客たちから、

「けちな武家だ」

「おうよ。大名が聞いて呆《あき》れる」

という声があがり、刀を手にかけていた藩士が振り向いた。

「今申したのは誰だ！」

怒鳴り声に客たちは下がったものの、

「人殺しだ！」

「薬代も払えねぇ貧乏大名め！」

ますます罵りが増していく。

分が悪くなった木元は、配下の藩士を下がらせ、万作に厳しい顔を向けた。

「このことは、後日はっきりさせる。覚悟しておれ」

そう吐き捨て、箱田と藩士を連れて店から出ると、客たちを見回した。

「お前たちも騙されぬことだ」

木元は真剣な顔で言い、店から離れた。

箱田は、歩みを進める木元に、不服そうな顔を向けている。横を歩く同輩を見ると、同輩は、このままでいいのか、と、声に出さずに言う。

歩みを早めて木元を追い越した箱田が言う。

「御家老、戻りましょう。日を空けるのは、よろしくありませぬ」

すると木元は、口をへの字にした。

「分かっておる。明日は詮陽を同道させ、客の前で万作めを問い詰めてやる。さすれば、言い逃れはできまい」

「それは良いお考え。今から先生のところに行きますか」

「明日でよい。戻って策を練るぞ」

「はは」

箱田は木元の後ろに下がり、従って歩いた。

市ケ谷《いちがや》御門から出て左に曲がり、尾張《おわり》徳川家の広大な屋敷を右手側に眺めながら歩み、陸奥山元藩の上屋敷の近くまで戻った時には、すっかりあたりが薄暗くなっていた。

屋敷の長屋塀が見えるところまで戻った時だった、人気《ひとけ》がない道の後ろから走る足音がしたので箱田が振り向くと、見覚えのある顔だった。薬を求めに行った時、店の入り口でぶつかった男だ。

「御家老、橋田屋の者です」

呼び止めた箱田が、走ってきた男の前に出る。

「おぬしは確か、左平太だな」

偽名を呼ばれて、駿河が愛想笑いで立ち止まった。

「覚えていてくださいましたか」

「なんの用だ」

警戒する箱田に、駿河は頭を下げた。

「はい。港を使う話がややこしくなりましたので、回りくどいことは抜きにしようかと思い、追ってまいりました」

言い終えた駿河の顔から笑みが消え、まるで別人のように、殺気に満ちた面持ちとなった。

剣技に優れた藩士が殺気に応じて刀を抜こうとしたが、駿河は左手で抜く手を押さえた刹那に、右手で小太刀を抜き、首に刃物を当てた。

一瞬にして動きを封じられた藩士が顎を上げ、恐怖に満ちた目を駿河に向けている。

「貴様！」

叫んで刀を抜いた箱田に、駿河が言う。

「やめておきなさい。この人が死にますよ」

「貴様、ただ者ではないな。武家か」

「どうでもいいじゃないですか。わたしは、話をしに来ただけです」

「だったら、その者から刀を引け」

「それはあなたのほうだ」

言われた箱田が刀をおろすと、駿河は藩士を突き放した。

悔しそうに歯をむき出した藩士が抜刀し、

「無礼者が！」

怒鳴って斬りかかった。

駿河は、袈裟懸けに打ち下ろす藩士の間合いに飛び込んでかわした。

振り向いた藩士は、目を見張り、刀を落としてよろめいたかと思うと、仰向《あおむ》けに倒れた。

箱田は、藩士がどこをどう斬られたのか見えなかった。

「この人は峰打ちですよ。でも……」

駿河は小太刀の刃を転じて構え、殺気に満ちた顔を向けて迫る。

箱田は木元を守って下がり、二人とも壁際に追い詰められた。

「港を使わせないなら、あなた方にはあの世に行ってもらい、殿様にも、死んでいただきましょう」

駿河はそう言って、切っ先を突きつける。

「ま、待て、斬るな。分かった、言うとおりにする」

驚いた箱田が振り向くと、言った木元は、腰を抜かしていた。

「御家老、何をおっしゃいますか！」

「言うな。殿あっての我らだ。それに、金が入るのだからよいではないか。のう、おぬし、言うことを聞けば、金はもらえるのであろうな」

木元が言うと、駿河は小太刀を引き、目尻を下げて笑みを浮かべた。

「もちろんでございます。従ってもらえますか」

「わ、分かった」

「ではこれから、屋敷に案内していただきましょう」

駿河が口笛を吹くと、前後の辻《つじ》から、合わせて十数人の怪しい侍たちが出てきた。

五

この日、佐谷詮陽は、自宅を訪ねてくれた師、渋川昆陽《しぶかわこんよう》を妻の手料理でもてなし、久々の再会を喜んだ。

二人の会話はもっぱら医術のことで、二刻（約四時間）が過ぎても、尽きることがない。

渋川昆陽は初老の歳に差しかかっているが、探究心は衰えるどころか増しており、

「近頃は、本草綱目《ほんぞうこうもく》を読み直し、気になった薬草の種を手に入れて育てておる」

酒をちびりとなめながら、人体の不思議を語った。

佐谷詮陽は、ここぞとばかりに切り出す。

「師匠、人体の不思議といえば、今流行の木乃伊の薬ですが、わたしはまったく信じていません。師匠は、どうお考えですか」

「ふぅむ」

昆陽は、盃《さかずき》を持ったまま考える顔をし、程なく、弟子の顔を見た。

「紀州の二代様から問い合わせがあり、一袋手に入れて調べてみたが、はっきり申して中身が何か、よう分からぬ。薬草ではなく、生き物の肉を粉にしておることは確かじゃ」

「わたしは、木乃伊の薬の中身は人の骸《むくろ》ではないと、睨んでいます」

「これは、難しいことだ。効くという者がおれば、それはその者にとって妙薬となる。多く求められておる中、元気が出た者がおるという話は聞いたが、具合が悪くなった者が出たという話は聞かぬ。それが、人気の理由であろう」

「しかし橋田屋は、怪しい」

詮陽が決めつけて言うと、昆陽は不思議そうな顔をした。

「何か、あったのか」

詮陽は、山元藩の藩主忠興の身に起きたことを隠さず話した。

そばに仕える箱田から、調べてくれと頼まれた木乃伊の薬が、毒消しだったことも。

すると昆陽は、険しい顔をした。

「毒消しだと知った藩の者は、どうすると申しておった」

「先日、江戸家老と共に橋田屋を咎《とが》めに行ったはずなのですが、なんの知らせも来ませぬ。橋田屋は、今日も行列ができておりました」

「藩邸の様子は見たのか」

「はい。近くに別件の用がありましたからついでに寄ったところ、外から見た限りでは何も変わらぬ様子でした」

「では、さして問題なかったということか」

「しかし、毒消しだったことは確かです」

「藩内の争いやもしれぬ。詮陽、毒消しは、派閥争いの罠《わな》かもしれぬぞ。巻き込まれぬよう気を付けよ」

昆陽はこの時、何より弟子の身を案じた。

詮陽は悔しそうに言う。

「藩侯はまだ十二歳ですが、急にお倒れになり、苦しんでおられました。わたしは、箱田殿から木乃伊の薬を調べるよう言われるまで、毒を盛られていることに気付けなかった」

昆陽が探る面持ちで言う。

「毒消しをよこした薬屋が一枚噛《か》んでいると思うて、怪しんでおるのか」

「奥御殿に怪しい者がいたと聞きましたから、毒消しを渡した橋田屋が関わっていないとは思えませぬ。証《あかし》はございませんが」

「しかし、藩の者は何も言うて来ず、店も商売を続けておるとなると、妙ではないか」

「そこなのです。訳が分かりませぬ」

「そう腐るな。藩侯が無事なのだから、騒動が収まったと思え」

「わたしは、毒を見抜けなかったことが、悔しいのです」

「引け目に思うて、何をする気じゃ。武家のことに深く関わってはならぬぞ」

心配する気持ちが伝わった詮陽は、真顔で応じた。

「危ないことはしませぬ。明日は、藩侯の脈を取りに上がることになっていますから、また何かあった時に備えて、解毒の薬を何種類かお渡ししようと考えています」

「それならばよかろう。ただし油断はするな。供の者はおるのか」

「あいにく今、実家で不幸があり、江戸を離れています」

「用心棒を雇え」

「それは大げさでございます。わたしは医者ですから、藩侯のお身体を診るのが役目。政争に巻き込まれたりはしませぬので、ご安心ください」

「何かあってからでは遅い。鷹司信平殿に相談してみてもよいぞ」

「とんでもない。将軍家御先代の義弟様を頼るのは、おそれおおいことでございます」

「信平殿は、困っておる者なら身分に分け隔てなく助けてくださる。今から行ってみるか」

「いえ。わたしが毒消しと見抜いたことで、師匠がおっしゃるとおり、今は騒動が収まっているかもしれませぬから、まずは明日行き、様子を見ます。それからでも、遅くはないかと」

「さようか。では、少しでも怪しいことがあれば、遠慮のう来い。よいな」

「はい。その時はよろしくお頼み申します」

昆陽は心配そうだったが、帰っていった。

翌朝、詮陽は毒消しを揃えた手荷物を抱えて家を出た。四谷《よつや》の家から山元藩の上屋敷はそう遠くはない。町中を抜け、武家屋敷が並ぶいつもの道を歩いて、程なく到着した。

出迎えたのは、いつもの顔。

詮陽は、側近の箱田を見て、訊かずにはいられなかった。

「箱田殿、顔色が優れぬようですが、具合が悪いのですか」

すると箱田は、慌てたような顔で頭を振る。

「いえ、なんでもございません。さ、どうぞ」

箱田は、いつもの穏やかな様子に戻り、藩主のもとへ案内した。

居間で読み物をしていた忠興は、十二歳とは思えぬ精悍《せいかん》な面持ちをしている。

今はまだ、江戸家老がすべて取り仕切っているが、忠興が藩政を司《つかさど》るのはそう遠くないと、詮陽は思っている。

橋田屋万作と駿河の思惑を知るよしもない詮陽は、利発な忠興の成長を疎んじる何者かが、毒を盛ったのではないかと思い込んでいる。

忠興の脈を取った詮陽は、

「お加減は、いかがですか」

訊きつつ、目と顔色を診た。

「気分はよい」

忠興はそう言ったが、いささか元気がない様子。己の身体のことより、家中のいざこざを案じているのか。

詮陽は、思い切って訊いてみた。

「今日はいつもより御屋敷が静かでございますが、何かございましたか」

すると忠興は、詮陽と目を合わせてきた。

「やはりそう思うか」

「はい。いささかではございますが」

「余も気にしておるのじゃが、新兵衛はいつもと変わりないと申す」

詮陽は、次の間に座っている箱田をちらと見て、声を潜めた。

「その箱田様ですが、お顔の色が優れぬように見えました」

忠興はうなずき、

「余もそう思い訊いたが、いつもと変わらぬと言い張るのじゃ。後で診てやってくれ」

聞こえないように言う。

家来を心配する忠興に、詮陽は笑みでうなずいた。

「では、今日はこれにて失礼をいたします。また明後日《あさって》に、お脈を取りに上がらせていただきます」

「余はもう大丈夫じゃ。わざわざ足を運ばなくてもよい。今日から外へ出てもよいと言うてくれ」

「いえ。まだ油断はできませぬ。明後日にご体調がよろしければ、お庭の散策をいたしましょう」

部屋で読み物をするのも飽きた様子の忠興は、落胆した様子だ。

「あと二日の辛抱です」

詮陽はそう言って忠興の前から下がり、次の間に控えている箱田と部屋から出た。

少し離れたところで、詮陽は前を歩く箱田に言う。

「また毒を盛られるといけません。いざという時のために、毒消しを何種類か揃えてまいりました。使い方をお教えしておきましょう」

箱田はあたりを見回し、急に腕を引いて空き部屋に連れ込んだ。

何ごとかと詮陽が驚いていると、箱田が必死の面持ちで言う。

「そちは、紀州徳川家御殿医、渋川昆陽殿の弟子だったな」

「そうですが、急にどうされたのです」

「黙って聞いてくれ。そちは、鷹司信平殿とは、お会いしたことがあるのか」

「いえ。師からお話をうかがったことがあるだけです」

「そうか。そなたに頼みがある」

箱田は懐に忍ばせていた手紙を出した。

「これを、鷹司信平殿に渡してほしいと、渋川昆陽殿に頼んでくれ。藩の行く末に関わることだ。頼む」

「殿に毒が盛られたことですか」

詮陽が受け取って訊くと、箱田は厳しい顔でうなずいた。

「話している暇はない。詳しいことは、それに書いてある。頼むぞ」

箱田はそう言うと外を確かめ、手招きした。

何ごともなかったように廊下を歩く箱田に続いた詮陽は、以後は手紙のことは一切言葉を交わさず、毒消しを渡して屋敷を後にした。

こうなるなら、師匠の言うことを聞いて信平様を頼るべきだったか。

そう思った詮陽は、この足で渋川昆陽を訪ねるべく、足を速めていたのだが、ふと後ろを振り向いて見れば、二人の侍が歩いていた。

跡をつけられている気がした詮陽は、どうすべきか迷ったが、辻番が見えたのでそちらに向かった。番屋の前で振り向くと、先ほどの二人組は、談笑をしながら別の道へ曲がっていった。

気のせいだったと胸をなで下ろし、いぶかしむ面持ちで見ている番人にあいさつして頭を下げ、道を急いだ。

尾張徳川家上屋敷まで戻った時、詮陽は少し気持ちが楽になった。振り向いても、道に人影はなく、跡をつける者はいない。

上屋敷の長屋塀の前にある辻を右に曲がり、武家屋敷が並ぶ道を四谷の町へ向かう。町家が並ぶところまで戻ったら、人が多い道を選んで行こうと決めて急いでいると、路地から町人の男が出てきて、こちらに向かって歩いてきた。

着ている着物は生地が良さそうで、穏やかな表情をしている。

どこぞの商家の若旦那だろうと思った詮陽は、その者よりも後ろが気になり、振り向いた。

誰もいないことを確かめて前を向くと、先ほどの男が近づき、すれ違う前にあいさつ程度に頭を下げた。

詮陽も応じて軽く頭を下げ、すれ違ったのだが、途端にふらつき、板塀によりかかると、ずるずると落ちて倒れた。

すれ違った町人は、駿河だ。

手を下した駿河はあたりを見回して戻り、仰向けに倒れている詮陽の懐を探って手紙を奪い、気配を察して足早に立ち去った。

近くの勝手口から出てきた武家の小者が、道に倒れている詮陽に気付いて駆け寄った時には、すでに息はなく、目を開けたまま死んでいた。

「先生、先生！」

詮陽を知る小者は慌てふためき、路地から出て叫んだ。

表の通りからは、人を呼ぶ小者の声と、倒れたのが詮陽と知り、身を案じる四谷の住人たちの声がそこかしこからあがりはじめ、騒然としている。

物陰から見ていた駿河が、文を懐に入れてほくそ笑み、その場を離れていく。その横を、戸板を持った町の男たちが走っていき、詮陽がいる路地へ入っていった。

第二話　若君の覚悟

一

庭の花木の中から聞こえる鶯《うぐいす》のさえずりに、銭才は目を細めた。

「良い声で鳴いておる。駿河が今申したことも、耳に心地がよい。のう、肥前」

絢爛《けんらん》な宮中の様子が描かれている襖を背にし、銭才の下手に座している肥前は、黙ったまままうなずく。

静かに酒を飲み干した銭才は、盃を膳に置いた。そして、右隣に座らせている猿姫ことお絹《きぬ》の手を取り、閉じられている扇を持たせた。

銭才が何も言わずとも頭を下げたお絹が立ち上がり、下座に正座している駿河の前に歩み寄り、片膝をついて差し出す。黒地に、赤や桃、白といった色合いの小花が染められた小袖の裾が割れて、色白の太ももが見える。だが、お絹は気にするでもなく、無表情のままだ。

その様子を、銭才のそばに付いている僧、帳成雄《ちょうせいゆう》が微笑んで見ている。

いかに男心をそそられようとも、決してお絹の柔肌に目を向けぬ駿河は、受け取った扇を広げた。白い扇に書かれている字を読み解くと、すぐに閉じてお絹に返し、銭才に深々と頭を下げた。

「仰せのままにいたしまする」

立ち去る駿河を目で追いもしないお絹は、何ごとかが書かれた扇を持って立ち上がると、ゆるりときびすを返し、肥前の前を素通りして銭才の横へ戻った。

肥前は目で追っていたが、帳成雄が見ていることに気付き、前を向く。

扇を受け取った銭才は、白濁していないほうの右目で肥前を見据えた。

「肥前、わしに何か言うことはないのか」

肥前は膝を転じ、両手をついた。

「江戸に戻りし鷹司信平は、屋敷で大人しゅうしております」

「そのことではない。帳成雄が術を使っても、信平とその家来どもの姿が見えぬと申しておる。これに思い当たることはあるか」

肥前は意外そうな顔を帳成雄に向けた。

「まったく何も見えぬのか」

帳成雄は、肥前を見据えた。

「探りを入れますれば、まるで、目の前が深い霧に包まれたようになります。京でこちらを探ろうとした陰陽師《おんみょうじ》の小娘がおりましたが、おそらくその者が、強い結界を張ったものかと」

「お前の術をもってしても見えぬとは、互角の力を持つということか」

肥前の言葉に、帳成雄はいまいましそうな顔をする。

肥前は、そんな帳成雄を横目に、銭才に顔を向けて言う。

「こちらに呼ばれて京を離れるまで信平を見張っておりましたが、陰陽師とは一度も会《お》うておりませぬ。お命じくだされば、信平を斬って捨てまする」

銭才は肥前の目を見て聞いていたが、興味をなくしたような面持ちでお絹に向き、酌をさせた。そして言う。

「痴《し》れ者《もの》など、邪魔をしてくるまで放っておけ。それよりも、大老の酒井が動きはじめておる。お前には、その時が来れば働いてもらうゆえ、江戸に潜んで命を待て」

「承知しました」

頭を下げたのちに立ち上がった肥前は、無表情で座っているお絹を一瞥し、銭才の前から下がった。

目で追っていた銭才は、お絹に顔を向ける。すると、それまで無表情だったお絹が微笑み、手を太ももに伸ばしてきた。

「やめよ」

銭才の言葉に、お絹は手を止めた。

「これは、出過ぎた真似《まね》をいたしました」

そう言ったのは、お絹ではなく帳成雄だ。

無言で手を引き、居住まいを正すお絹は、我に返ったような顔をして、目を泳がせた。

銭才が様子を見ていると、お絹はまた、元の無表情に戻り、眼差しを廊下に向けた。

その廊下に足音が響き、肥前と入れ違いに入ってきた相模が片膝をつくと、銭才に頭を下げて言う。

「仕掛けが整いました。いつでもはじめられます」

銭才はお絹から眼差しを転じ、

「しばし待て、公儀が例の城の受け取り役を誰にするか決めてからじゃ」

そう命じて、早々に下がらせた。

白濁した目の瞼《まぶた》を不自由そうに閉じた銭才は、右目を鋭い眼差しにして、考えをめぐらせている。

「帳成雄」

銭才に呼ばれて、帳成雄は目を閉じた。

「なんなりと」

「酒井大老を探れ」

応じた帳成雄は、顔の前で掌《てのひら》を立て、口の中で呪文を唱えはじめた。

二

佐谷詮陽の死を知らぬ箱田新兵衛は、いつもと変わらず藩主のそばに仕えていたのだが、家老の木元に対する不信が増していた。

というのも木元は、用人をはじめ、上屋敷にいる重役たちを次々と罷免し、逆らう者は容赦なく捕らえて拘束し、橋田屋万作が送り込んだ、何者かも分からぬ者たちをそばに置いて重用していたのだ。

元々力を持っていた木元であるが、藩主忠興に対し、

「今していることは、すべて御家《おいえ》のためにございます」

と、口を出させない。

忠興は元より木元を頼り切っているのだから、何もそこまで押さえつけるまでもないと思う箱田は、まだ十二歳の、若き藩主の命を案じた。そして、乗っ取られた窮状をどうにかしようと、忠興の脈を取りに上がった佐谷詮陽を呼び止め、鷹司松平信平を頼るべく文を託したのだ。

「遅い」

待ちわびる箱田は、三日が過ぎても何も起こらぬことに苛立《いらだ》ち、思わず口に出した。そして、もしや文が届いていないのかもしれないと、不安になる。

頼りに思う相手は、多忙を極めるであろう鷹司松平家の当主。すぐには動けぬかとも思い、後二日待ってみようと自分に言い聞かせた箱田は、早々と寝床に入る若き君のそばを離れ、一日の役目を終えて藩邸内の長屋に戻った。

下男の七吉《しちきち》が鰯《いわし》を焼いてくれたが、食欲がなく箸を置いた。眠れないだろうが横になると言った時、表の板戸が荒々しくたたかれ、聞き覚えのある声がした。

箱田が言う。

「七吉、御家老だ。わたしが出るから、お前はもう休め」

「へい」

素直に自分の部屋に下がる七吉を目で追った箱田は、険しい顔で表に行き、戸を開けた。

木元も、箱田と同じように険しい顔をしている。

「入るぞ」

そう言って部屋に上がり、中を見回す。

食事の邪魔をしたようだな。

いつもならそう言って気をつかう木元であるが、無言で上座に座り、箱田が膳を片づけて向かい合うのをじっと見据え、不機嫌に言う。

「おぬし、様子が変だぞ。どうしたのだ」

正座した箱田はうつむき、膝に置いている自分の手を見ながら返答をする。

「このようなことになり、いささか、緊張しております」

そう言うしかない箱田を見ている木元は、口元に意地の悪そうな笑みを浮かべる。

「いよいよ明後日、国許へ使いを向かわせることと決まった」

木元が言わんとすることは、船越の港を橋田屋に使わせるよう、藩主の名をもって国家老へ命じることだ。

箱田が黙っていると、木元は続ける。

「これで、藩の財政が良くなり、長年苦しんだ借財を終わらせることができる。さすれば新兵衛、おぬしがかねがね案じておった民百姓から年貢を搾り取る必要もなくなり、苦しめずにすむ。よいか、それほどに、橋田屋の商いは大きいことなのだ。ゆめゆめ、妙な真似はするな」

厳しく言われた箱田は、詮陽に託した文のことがばれているのではないかと思うと同時に、待っても何も起きないのは、詮陽の身に何かあったのではないか、という不安がよぎり、確かめずにはいられなくなった。

「御家老、妙な真似とは、何ですか」

すると木元は、厳しい目で見据えた。

「殿はおぬしを頼りにしておられるのだ。悲しませるような真似はするな」

いきなり投げつけられた白い物が二つ、胸に当たって膝に落ちた。見れば、破られた手紙だ。

紛れもない、詮陽に託した手紙。

箱田ははっとした。

「先生を、どうしたのですか」

「お前は他のことなど気にせず、殿と御家のことだけを考えろ」

木元はそう言って、探るような目をしている。

箱田は片手をついて身を乗り出した。

「橋田屋の求めに応じて藩邸に人を入れましたが、あの左平太という男、手下どもから駿河と呼ばれていました。顔つきも、店で見ていた時とは別人です。御家老は何者かご存じのはず。お教えください」

「橋田屋の右腕だ。気にするな」

「港へ運び込もうとしている物を考えますと、気にせずにはおられませぬ。今からでも遅くございません。お考えなおしください」

すると、木元が怒気を浮かべた。

「今さら何を言うか。そもそも、このようになったのは誰のせいだ」

「そ、それは……」

「新兵衛、恐れるな。駿河殿がうまくやる。我らは黙って見ておるだけで、大金が入るのだ。黙ってわしに従え。よいな」

箱田はそれでも説得しようとしたが、ゆるんでいる縁側の板を踏みしめる微《かす》かな音が聞こえ、口を閉じた。

閉められている外障子を一瞥し、木元を見ると、冷酷な眼差しで見くだしていた。

命の危険を感じた箱田は、

「承知しました。御家老に従いまする」

そう言って平身低頭するしかなかった。

「この場しのぎの嘘ではあるまいな」

「はい」

「目を見て言え」

厳しく言われて、箱田は顔を上げ、もう一度返事をした。

木元は満足そうな顔でうなずき、立ち上がった。

外まで見送った箱田は、ちょうちんの明かりが遠ざかると、油断なく長屋の周囲を探った。踏みしめる音がした縁側には誰もおらず、どこにも怪しい者はいなかった。

七吉が出てきて、心配そうな顔で歩み寄る。

「旦那様、何かあったのですか」

「心配いらぬ。お前に言っておくことがあるゆえ部屋にまいれ」

人が変わったようになった木元を信じられなくなっている箱田は、そう言うと、中に入った。

七吉が応じて続き、表の戸を閉めると、暗がりから染み出るように姿を現した曲者《くせもの》が長屋の裏手に回り、四半刻《しはんとき》（約三十分）ほどして、音もなく走り去った。

その夜、七吉は、箱田から託されたものを胸に抱き、眠れぬまま過ごしていた。布団に入ってどれほどが過ぎた頃か、閉めている雨戸の外で、微かな物音がした。

箱田から話を聞いて、大変なことになったと緊張していた七吉の耳が、微かな音を逃さなかったのだ。身を起こした七吉は、障子に手をかけた。背後の襖が開いたのはその時だ。ぎょっとして振り向くと、抜き身の刀を持った箱田がいた。

「旦……」

「し、声を出すな」

箱田は口を制して身を寄せ、小声で言う。

「言われたとおりにしろ。よいな」

そう言うと、雨戸を蹴破って外へ出た。

討ち入ろうとしていた二人の曲者が、刀を向けて箱田に斬りかかる。

一人を斬った箱田が、ずいと曲者に迫って下がらせ、道を空けた。

忠臣の七吉は、命じられたとおり逃げるため、草鞋《わらじ》を持って外へ出ると、曲者と斬り結ぶ箱田を見て、泣きながら走った。

刺客を斬った箱田は、七吉とは別の方角へ走り、屋敷の裏門に向かった。松明《たいまつ》が焚《た》かれていたため、作事小屋の陰に隠れてうかがった。門の前に何人か立っていたが、誰一人知った顔はおらず、人相の悪い連中が守っている。

誰も外へ出さぬ気だと思った箱田は、追う者の声がしたので暗い中を走り、追っ手から隠れるために、物置小屋の屋根に上がって身を伏せた。

すぐ下を、松明を持った者たちが捜しながら歩いていく。

七吉はどこにいるのか。

屋根の上から見える中に、姿はない。

必死に気持ちを落ち着かせた箱田は、近くに追っ手がいないのを確かめて立ち、隣の小屋の屋根に飛んだ。四棟ほど並ぶ小屋の屋根から屋根に飛び移り、暗い敷地《しきち》に下りると走り、土塀沿いに茂っている松の木に登った。一度あたりを警戒して土塀に移り、外の路地へ飛び降りた箱田は、七吉の名を呼んだが、やはり声がない。

逃げおおせていることを祈りながら夜道を走り、四谷御門に向かった。

門は固く閉ざされているが、開くのを門前で待てば、追っ手は手を出せない。

七吉がどこかに潜んでいることを願いつつ門の前で待っていた箱田は、明け六つに開けられると門を潜り、渋川昆陽の家に走った。

表の門扉をたたき、

「お頼み申す。火急の用がござる。お頼み申す」

大声を張り上げていると、脇門が開き、若い奉公人が顔を出した。

箱田は名乗り、懇願した。

「昆陽先生にお目通り願いたい」

すると奉公人は、申しわけなさそうな顔をする。

「あいにく先生は、昨日から留守にしておられます」

「しまった」

「どこかお具合が悪いのでしたら、他の人を紹介しますが」

「いや、よい」

焦った箱田は、考えをめぐらせた。

「では、鷹司松平様の屋敷がどこにあるかご存じか」

「鷹司様ですか」

「急いでいるのだ。知っているなら教えてくれ」

「はい。赤坂御門を出られて堀端を左へ曲がられ、ひとつ目の大辻《おおつじ》を右に曲がられてまっすぐ行かれますと、左にくだる坂がございますからそこを行かれて……」

道順を詳しく教えてくれる奉公人ののんびりとした口調に苛立《いらだ》ちつつ、最後まで聞いた箱田は礼を言い、門前を離れた。

赤坂に向かって走っていると、武家屋敷に挟まれた狭くて薄暗い道で、駿河に行く手を塞がれた。

背後に追っ手が現れたのを見た箱田は、駿河を町人と油断して迫った。

「そこをどけ」

肩をつかんだ刹那に手首を取られた箱田は、気付けば首に小太刀を当てられていた。

その手並みに、箱田は息を呑《の》んだ。

「貴様、いったい何者だ」

「ふふ、お黙りなさい」

小太刀で脅された箱田は、刀を奪われ、抗《あらが》うことができなくなった。

この時七吉は、連れていかれる箱田のことを物陰から見ていた。

何があっても来るなというあるじの命に従った七吉は、泣きながらその場から離れ、走り去った。

上屋敷に連れ戻された箱田は、作事小屋の梁《はり》から吊《つる》され、拷問された。

木元に従う藩士たちは、箱田のことを裏切り者だと吹き込まれているのか、容赦なく身体を打ち据え、厳しく問う。

「言え！　貴様の下男をどこに逃がしたのだ」

箱田は痛みに歯を食いしばりつつ、七吉が生きていることを知って安堵していた。

「もうよい」

そう言った木元が、正面に立った。

「お前にはがっかりした。わしに従うと言うておきながら、七吉に文を託して逃がすとはのう。裏切られたわしの気持ちが分かるか、新兵衛」

悲しそうな顔をしている木元に、箱田は訴えた。

「御家老、こ奴らは何か、大きなことを起こす気です。港を使わせますと、加担した罪で御家が潰されますぞ」

木元は、大きなため息をついた。

「新兵衛、御家のことを心配するなら、よもや七吉に、ほんとうのことを話してはおるまいな」

箱田は答えず、懇願した。

「御家老、今ならまだ間に合います。殿と御家のため、目をさましてこの者らを捕らえてください」

木元は険しい顔をした。

「わしは、御家のためを思うてしておるのだ。それをお前は、鷹司松平様を頼るなどと血迷うたことを……」

「金に目がくらんだのですか！」

叫ぶ箱田に、木元は頬を引きつらせた。

「なんとでも言え。わしは金が欲しい。よって、橋田屋に港を使わせると決めたのだ」

「御家老！　目をさまして……」

箱田は目を見張った。駿河がいきなり、小太刀で腹を刺したのだ。

「う、うう」

呻く箱田に微笑んだ駿河が、木元に言う。

「箱田は殿様に毒を盛ったことを白状し、切腹した。木元殿、そのように藩主に伝えなさい」

「お、おのれぇ」

苦しみながらも声を絞り出した箱田を見た駿河は、情のない顔で腹を一文字に斬り、息の根を止めた。

がっくりと頭を垂れた箱田に息を吞んだ木元は、駿河に鋭い目を向けられて下がった。

「できますね、御家老」

「おっしゃるとおりに、いたします」

木元はそう言うと、己に忠誠を誓う藩士たちに、箱田の骸を片づけるよう命じた。

三

この日、赤坂の屋敷にいた信平は、松姫と庭の月見台に出ていた。

宇治の五ヶ庄《ごかしょう》から持って帰った茶を夫婦で楽しみ、鞍馬山で修行中の信政のことを語りながら過ごしているのだが、松姫はふと、肌身に着けていた木札を取り出した。

昨日、千下頼母から送られた人型の木札は、陰陽師の加茂光音の手による魔除《まよ》け。

細かな呪文字《じゅもじ》が書き込まれたこの木札を持っていれば、こちらを探ろうとする銭才方の妖術使いの目を濁すことが叶《かな》うという。

光音は、松姫や家来の分も送ってくれたのだ。その気づかいをありがたく思い、木札を見ているのだろう。

信平の眼差しに気付いた松姫は、優しく微笑む。

「これをお送りくだされた加茂光音殿には、一度お目にかかりとうございます。わたくしが江戸を離れられないのが、残念でなりませぬ」

いかに将軍家縁者の松姫とて、公儀の許しなく江戸から出ることはできない。

信平は、光音が文に書いていたことを思い出し、松姫に告げた。

「いずれ江戸に来るであろうと、光音殿は申している」

松姫は明るい顔をした。

「いつでございますか」

「それは分からぬが、光音殿が申すことゆえ、必ず会える日がくる」

信平は、銭才には関わらぬように、と書かれていたことは言わない。

光音には何が見えているのか分からないが、近々また、何か起きるのではないかと信平は案じている。

そこへ、竹島糸が来た。

「奥方様、湯の支度が整いましてございます」

髪を洗いに行く松姫を見送った信平は、自室に戻って読み物でもしようと思い、月見台から部屋に戻ろうとした。

廊下に葉山善衛門が現れ、奥御殿に下がる松姫を気にする仕草を見せると、信平が歩み寄るのを待って口を開いた。

「殿、居間へおいでください」

「いかがした」

「先ほど五味がまいり、ひどくくたびれた様子でお初殿の味噌汁を所望するものですから、何かあったのか問いましたところ、渋川昆陽先生の愛弟子《まなでし》が殺害されたと申しますもので、お呼びしにまいりました」

由々しきことと思う信平は、居間に急いだ。

居間に入ると、お初から味噌汁のお椀《わん》を受け取ろうとしていた五味が、信平に顔を向けた。

「信平殿、勝手にお邪魔をしておりますぞ」

そう言うと、熱い味噌汁に息を吹きかけ、一口すする。その横顔には、善衛門が言うとおり疲れが浮いている。

「あぁ旨《うま》い。お初殿、疲れがいっぺんに吹き飛びました。これでまた……」

「いいから、信平様に聞いていただきたいことがあるのでしょう」

お初が言葉を切ってぴしゃりと言おうが、五味は常に嬉しそうだ。味噌汁のお椀を持ったまま、信平に向く。

「ご隠居から聞きましたが、信平殿は、昆陽先生のお弟子のことは、ご存じなかったのですね」

「どのお弟子のことを申している」

信平が座って訊くと、五味は佐谷詮陽が死んだことを教えた。

佐谷詮陽とは面識がない信平は、弟子を失った昆陽はさぞや悲しいであろうと思った。

善衛門が五味に言う。

「そのお弟子の死を殿に教えに来たのは、助けを求めたいからか」

「いえいえ、そうではなく、昆陽先生をよくご存じだから、てっきり知っておられると思い言ったまでのことですよ。今日来た目当ては、役目で疲れたから、お初殿の味噌汁を飲みたいなぁと、思いまして」

一口すすった五味が、嬉しそうにお初を見ている。

目当ては味噌汁よりも、お初の顔を見たかったのであろうと思う信平は、五味が落ち着くのを待って訊いた。

「役目とは、佐谷詮陽殿のことでか」

「ええ、そうなのです。倒れているのが見つかった時にはすでに息がなく、初めは心ノ臓の発作となっていたんですがね、辻番の者が、何かに怯《おび》えたように歩いているのを見たと言うものですから身体を調べたところ、このあたりに、何か細い物で刺された痕があったもので、今は下手人の探索で忙しいのですよ」

後頭部と首の付け根をさすりながら教える五味を見ていた善衛門が、渋い顔をして言う。

「人助けを生業《なりわい》にしている医者が殺されるとは、よほどのことだぞ」

「ええ、そこで今日は、昆陽先生に知らせを兼ねて、下手人に心当たりがないかうかがいに行ったのですが、あいにく、薬草を求めて青梅《おうめ》に行かれて留守でした。明後日に戻られるというので急使を出さず、また足を運ぶつもりで帰っていたのですが、お初殿の味噌汁が飲みたくなって、寄らせていただいたというわけで。ごちそうさま。旨かった」

五味はお椀をお初に渡して手を合わせ、改めて信平に向いた。

「ということですので信平殿、また来ます」

言うだけ言って帰ろうとする五味に、善衛門が意外そうな顔をした。

「なんじゃ、もう帰るのか」

「昆陽先生が戻られるまでに、お弟子さんの身辺を探ろうと思いましてね。では」

信平は、頭を下げた五味に言う。

「何か手伝うことがあれば、遠慮なく言ってくれ」

「殿……」

善衛門が、信平を止めようとしたが、

「信平殿に出ていただくこともないでしょう」

五味は余裕の様子で言い、帰っていった。

善衛門が言う。

「殿、酒井大老から言われてゆっくりすると決められたのですから、首を突っ込むのはおやめくだされ」

信平は微笑み、

「では、奥で休もう」

そう言い、松姫がいる奥御殿へ渡った。この時信平は、事件に銭才が関わっていようなどとは、思いもしなかったのだ。

四

赤坂から戻った五味は、組屋敷には寄らず、そのまま宿直《とのい》に入るべく北町奉行所に向かった。

奉行所の門から入ると、同心詰め所の外に小者たちが集まり、中を見ていた。何ごとかと思い足を向け、小者の肩をたたいた。

振り向いて頭を下げる小者に、五味は詰め所に首を伸ばして訊く。

「何かあったのか」

「はい。黒瀬《くろせ》さんと新藤さんが、揉《も》めておられます」

小者がそう言うので、集まっている者をどかせて戸口から入ってみると、元同輩の黒瀬源四郎《げんしろう》と、南茅場町を受け持っている新藤輔《たすく》が言い争いをしていた。

二十二歳の新藤は、先輩の源四郎に遠慮なく、

「しつこいですよ！」

と言い、怒り心頭の顔で、五味がいる戸口とは別のところから外へ出ていった。

五味が目で追うと、新藤は表門に向かっている。

中に入った五味は、

「しょうがない奴だ」

吐き捨てて文机《ふづくえ》に座る黒瀬のところに行った。

他の同心は出払い、黒瀬は一人だ。

すぐさま五味に気付き、苦笑いをする。

「見ていたのか」

「いや、今戻ったばかりだ。小者が言うには激しくやりあっていたそうだが、いったい何を揉《も》めていたのだ」

「医者殺しのことさ。手伝って聞き込みをしていたところ、佐谷詮陽の手の者が、例の木乃伊の薬がよく効く薬だというのを疑い、騙されるな、と言って回っていたことが分かった。だからおれは、決めつけたわけじゃないんだが、やったのは橋田屋じゃないかと言ったら、奴め、急に怒りだした」

そこへ、筆頭与力の内田《うちだ》米五郎《よねごろう》が来た。

五味と黒瀬が揃って頭を下げると、内田は渋い顔で二人の前に来て言う。

「新藤は、橋田屋万作に袖の下をもらっているから、かばっているのかもしれぬぞ」

黒瀬が驚いた。

「聞いておられたのですか」

「二人とも大声で言い争うから、聞こうと思わずとも耳に入る」

恐縮する黒瀬を一瞥した五味は、内田に言う。

「あいつはまじめだから、かばうようなことはしませんよ。橋田屋は下手人じゃないと分かっているのではないですか」

内田が五味を見た。

「そうとは言い切れぬぞ。まじめなのは確かだが、新藤はいささか、思い込みが過ぎるところがある。情に厚いと言えば聞こえはよいが、客観できぬところは、同心としてはまだまだ未熟者だ」

「耳が痛いですね」

五味が言うと、内田が笑った。

「数多《あまた》の事件を解決して与力になった者が言うな」

五味は首を横に振った。

「わたし一人の力じゃございません」

「五味、お前に新藤を付けてやるから、鍛えてやれ」

「ええ？」

「二人で佐谷詮陽殺しの下手人を探索しろ」

いきなりのことに、五味は面食らった。

「たったの二人で、ですか？」

内田は厳しい顔でうなずいた。

「謙遜するなよ。お前なら新藤一人で十分だろう」

五味は探る目を向けた。

「ひょっとして内田様、わたしが信平様を頼るとふんで、命じていません？」

内田は目を泳がせ、空咳《からせき》をした。

「医者が一人殺されたくらいで、鷹司様を頼れなどと、そんな大それたことを思うものか」

「本当に？」

「本当だ。近頃江戸市中に浪人が増えておるから、そちらに目を光らせろと、お前がおらぬ時御奉行に命じられたのだ」

「では、今同心たちが少ないのは下手人の探索ではないのですか」

「各々、受け持ちの町の見廻りに出払った」

「そういうことなら分かりました」

五味は引き受けて頭を下げ、外へ出た。

新藤を捜す気で表門から出ると、新藤は奉行所の前にある腰かけに座り、頭を垂れて考えごとをしていた。

「そこにいたのか」

五味が声をかけると、新藤は顔を上げて、頭を下げた。

横に腰かけた五味が、

「何を悩んでいる。黒瀬とやりあったことか」

と訊くと、

「ついかっとなってしまいましたが、黒瀬さんが睨まれたとおり橋田屋がやらせたのなら、わたしは、同心失格です」

新藤は暗い顔で言う。

五味は肩をつかんで力を込めた。

「そう思い込むなよ。気になることは、頭で考えるより歩いて確かめろ。行くぞ」

立ち上がると、新藤が見上げた。

「どちらに」

「決まっているだろう。橋田屋を調べに行くのさ」

新藤が不思議そうな面持ちをするので、五味は続けた。

「内田さんに、お前と二人で下手人を捕らえるよう命じられたのだ。行くぞ」

「はい」

新藤は慌てて立ち上がり、嬉しそうな顔で後に続いた。

曲輪《くるわ》から出て町中を歩き、南茅場町の橋田屋に行くと、店先が騒がしかった。

「あいつ、また」

言った新藤が見つめる先で、町人の男が大声をあげている。

橋田屋の店先で並ぶ客たちの前にいる男は、

「木乃伊の薬を怪しんでいた詮陽先生が殺されたのは、変だと思わないか。誰がやったんだろうな」

と、店に向かって大声で言っている。

程なくして出てきた店の手代が、

「おやめください」

慌てた様子で男を追い返そうとしたが、歩みを進めていた新藤と五味を見つけて駆け寄ってきた。

「旦那、なんとかしてください」

泣きっ面で頼む手代に新藤がうなずき、町人の男を怒鳴った。

「せん吉！　やめぬか！　帰れ！」

するとせん吉は、新藤に向いた。

「旦那……」

「お前、泣いているのか」

新藤が言うと、羽織袴に、紫房の十手を帯びている五味を見たせん吉が、袖で頬を拭《ぬぐ》いながら頭を下げた。そして、新藤に言う。

「早く下手人を捕まえてください。やったのは、橋田屋に決まってるんだ」

「おい何を言うか。証もないくせにこれ以上騒ぐと、牢屋《ろうや》にぶち込むぞ」

「上等だ。下手人を野放しにしておいて、本当のことを言うおいらをぶち込むってなら、やってもらおうじゃないですか」

つかみかかられた新藤は、両腕を取って押さえ込んだ。

「落ち着け！　馬鹿者！」

新藤が叱るのを見ていた五味は、ふと視線を感じて目を向ける。すると、橋田屋の格子窓から外を見ている者が目に入った。その者の表情に、悪意を感じながら見ていると、気付いたその者は、すぅっと下がって、見えなくなった。

新藤に押し放されたせん吉は、

「くそったれ！」

唾を吐くように言い、その場から去った。

五味は気になり、せん吉を追う。

「五味様、どちらへ」

「いいから付いてこい」

「はい」

橋田屋から離れたところで、せん吉に訊くことがあると言って急いだが、せん吉は足が速く、人混みの中で見失ってしまった。

「どこへ行った」

捜す五味に、新藤が言う。

「家に帰ったのかもしれませんので行ってみますか。四谷の長屋で暮らしています」

うなずいた五味は、新藤の案内で四谷に向かった。

新藤が言ったとおり、せん吉はまっすぐ長屋に帰っていた。

腰高障子の前で声をかけた五味は、新藤を外に待たせて入った。

座敷《ざしき》にいたせん吉は、枕屏風《まくらびょうぶ》をずらして場を空け、神妙な態度で五味を迎えた。

邪魔するぞ、と言って上がり框に腰かけた五味は、正座しているせん吉を見た。

「おれは与力の五味というもんだが、さっきのあれは、褒められたもんじゃないぞ」

「……………」

せん吉は神妙にこそしているが、膝に置いた手は硬くにぎられ、悔しさをにじませている。

それを見た五味は、続けた。

「どうしてそこまで橋田屋を目の敵にするのか、聞かせてもらおうか」

せん吉は、五味の目を見てきた。

「あっしは、病に倒れた父親を治したい一心で、なけなしの銭を注《つ》ぎ込《こ》んで木乃伊の薬を飲ませたんです。でもちっとも良くならなかった。大家さんから紹介された詮陽先生に診てもらった時には、どうして早く診せなかったのかと怒られたんです。木乃伊なんて、あんなもんを信じたあっしが馬鹿だったんですよ」

悔しそうに拳を畳にぶつけたせん吉は、真新しい位牌《いはい》に手を合わせて泣いた。

「父親は亡くなられたのか」

五味の問いに、せん吉はうなずく。

「木乃伊の薬は気休めだって、詮陽先生はおっしゃってました。そんな先生を邪魔に思った橋田屋に殺されたんだ。そうに決まってますから、早く捕まえてください」

懇願された五味は、調べる価値はあると思った。

「約束はできないが、探ってみる。だからお前は、二度と今日のような真似はするな。もしも橋田屋が下手人なら、次はお前が狙われるぞ。いいな」

せん吉は返事をしなかったが、五味は待たせている新藤のところへ出た。その時、長屋の木戸門の陰からこちらを見ている者がいることに気付き、

「誰だ」

と言って行くが、男は走り去り、人混みに紛れて見えなくなった。

「橋田屋の者でしょうか」

そう言う新藤を連れて長屋に戻った五味は、せん吉に言う。

「身寄りはあるのか」

「旦那、どうしなすったので」

「いいから答えろ。泊めてくれる者はいるか。できればここから遠いところがいいんだが」

「渋谷村に従兄弟《いとこ》がいますが……」

「よし、今すぐそこへ逃げろ。外に怪しい者がいた。ここにいたら、詮陽先生のように殺されるぞ」

するとせん吉は外に飛び出し、片袖をまくり上げた。

「どこです！」

「もうおらん。それより支度だ。荷物をまとめろ」

五味は急《せ》かしたが、せん吉は息巻いた。

「旦那、おいらは江戸っ子だ。殺されるのが怖くて尻尾《しっぽ》を巻いて逃げるもんか」

それを見ていた新藤が怒気を浮かべ、抜刀して迫った。

「貴様、その口の利き方は許さん！　斬ってくれる！」

五味が驚いて止めようとしたが、新藤は刀を振り上げた。

せん吉が悲鳴をあげて腰を抜かすと、新藤は刀を下ろし、

「殺されるとはこういうことだ。分かったか！」

厚情《こうじょう》をぶつけると、せん吉は何度もうなずいて家に駆け込み、身の回りの物をかき集めて包んだ。

「新藤、渋谷まで送ってやれ」

五味の言葉に新藤が応じると、せん吉は態度を変えて、すっかり頼り切った様子で

新藤に従い、長屋を出た。

「途中まで一緒に行こう」

そう言った五味は、早くも信平に相談する気になって、赤坂へ足を運んだ。


「と、いうわけです。どう思います？」

訪ねてきた五味から話を聞いた信平は、感じたことを答えようとしたが、善衛門が先に口を挟む。

「橋田屋が怪しいと思うなら、奉行所でとっとと捕らえればよいではないか」

すると五味は、おかめ顔に苦悩を浮かべる。

「詮陽先生を殺す動機があっても、手をかけた証をつかめていませんので動けませんよ。今日は、話を聞いて信平殿がどう思われるか、聞きたくて寄らせてもらっただけです。どう思われました？」

改めて訊く五味に、信平は言う。

「橋田屋の格子窓から見ていた者と、長屋にいた曲者が繋《つな》がっているかだが、今はなんとも判断できぬ。ただ、昆陽先生ならば、何か聞いておられるかもしれぬゆえ、戻られたら麿が訪ねて、訊いてみよう」

五味は身を乗り出した。

「では、お供します」

信平はうなずいた。

そして、昆陽が帰る予定の日の朝、やって来た五味と連れだって屋敷を出た信平は、待たせてもらうつもりで昆陽の家に向かった。

舅の徳川頼宣がこの世を去った後も引き続き紀州徳川家の御殿医をしている昆陽は、屋敷を新たに、紀州徳川家の上屋敷に近い平河町《ひらかわちょう》三丁目に与えられている。

二百坪もある敷地では薬草なども育てていて、信平は、通された客間から、奉公人が畑で働くのを見ながら昆陽の帰りを待った。

訪ねた時に応対した弟子によると、昆陽は昼までには帰るということ。

共に待っている五味は、信平に言う。

「そうそう、一昨日話したせん吉は、無事渋谷村に隠れました」

「ふむ」

「あれから橋田屋の近辺を調べたのですが、怪しい動きも噂もなく、店は繁盛ですよ。後は、昆陽先生から何を聞けるかですな」

などと話しながら待っているところへ、弟子が来た。

「たった今先生から使いがまいり、薬草が思うように集まらないので、日延べをするそうです」

と、恐縮して言う。

五味は焦った。

「いつ戻られる」

「それが、いつになるか分からないということです」

「困った。困ったぞそれは」

「申しわけございません」

がっかりした五味を横目に、信平は、紙と筆を借りて文をしたためようかと考えたものの、昆陽を巻き込むまいと思い直し、弟子に言う。

「詮陽先生は、誰かに恨みを買うようなことがあったか」

「いえ、わたしは知りませぬ。ただ、昆陽先生は青梅に行かれる前、詮陽先生とお会いになったのですが、その後、兄弟子と話しておられた際に、心配だとおっしゃっていました」

五味が身を乗り出す。

「何が心配なのだ」

「それが、お茶を出した時に聞いただけで、詳しいことは何も聞いておりませぬ」

「では、兄弟子から話を聞きたい」

弟子は眉尻を下げた。

「兄弟子は先生に同道しています。今日お戻りになるはずでしたので、まだ詮陽先生がお亡くなりになられたことを知らせていないのですが、使者に伝えさせましょうか。そうすれば、切り上げて戻られるはずです」

「いや。伝えなくてよい」

信平が言うと、五味が驚いた。

「どうしてです?」

「詮陽先生が殺されたわけを昆陽先生が知っておられるなら、下手人に狙われる恐れがある。江戸にはおられぬほうがよいであろう」

「ああ、そういうことか。では、先生にそれを含めてお伝えして、こちらに文を送っていただくのはどうです」

信平はうなずき、弟子にそうしてくれと頼んだ。

応じた弟子が、使者に伝えに行ったのだが、程なく戻り、申しわけなさそうに言う。

「使者は伝言を預かっただけで、今どこにおられるか知らぬと申します」

五味が身を反らして唸《うな》った。

信平が問う。

「どちらに行かれたか心当たりはないか」

すると弟子は、ふたたび眉尻を下げて首を横に振る。

「昆陽先生が予定を延ばされたということは、わたしが聞いていない場所に行かれたはずですから、見当もつきませぬ」

五味がため息まじりに言う。

「捜すよう頼んでも、日がかかりそうだな。帰られるのを待つしかないのだろうが、それだと危ない。帰りに必ず立ち寄られる宿とかはないか」

「それでしたらあります。青梅に行かれた時は、八王子の行きつけの旅籠《はたご》で骨休めのために一泊してから戻られますから、こたびも寄られるかと思います」

信平はうなずき、五味に代わって言う。

「では使者に、その旅籠に行ってもらおう。文をしたためるゆえ、筆と紙を頼む」

要点をまとめた文を託した信平は、五味と共に門から出ると、弟子の見送りを受けて家路についた。

「いつ届きますかな」

歩きはじめて早くも心配する五味に、信平は言う。

「山に入っておられるなら、長くかかるかもしれぬ。ここはあまり頼りに思わず、探索をしたほうがよいかもしれぬ。屋敷に戻り、これからのことを話そうか」

五味は期待を込めた顔をした。

「手伝っていただけるのですか」

「できるだけのことはいたそう」

この時信平は、こちらを見ている者がいようとは思いもせず、家路を急いだ。

五

昆陽の家から遠ざかる狩衣《かりぎぬ》と紋付袴の後ろ姿を離れた場所から見た七吉は、

「あれはもしや、旦那様がおっしゃっていた鷹司様では」

半信半疑で独りごち、走った。

剣気や殺気などがある者なら信平も気付いたであろうが、勇気がなく声もかけられない七吉は、運を逃がした。

まずは昆陽宅を訪ねるべく、見送った者が入った木戸門の前に立つと、おとないを入れた。

すぐに開けて顔を出した者に、昆陽の在宅を訪ねたが、あいにく留守だという。

七吉は、弟子が閉めようとした門扉を止めた。

「先ほど、鷹司松平様が来ておられませんでしたか」

「はい。いらっしゃいましたが……」

「どうも」

弟子が言い終えないうちに頭を下げた七吉は、信平を追って走った。

「これで、旦那様が助かる」

箱田の死を知らぬ七吉は、信平を頼るべく懸命に通りを駆け抜けた。

角を左に曲がり、人気がない道の先に二人の姿を見つけた七吉は、大声をあげようとした、その刹那、背後から飛んできた物が首に巻き付き、息ができなくなった。

苦しくて声を出せない七吉は、首に巻き付いた物を取ろうとしたが、強く引かれて倒れた。その時目に映ったのは、縄を引く町人の男と、町駕籠だった。

意識が遠のき、ぐったりした七吉の横に駕籠が置かれ、押し込められる。

信平はふと、足を止めて振り向いた。すると、離れた場所で、町駕籠が遠ざかるところだった。

「信平殿、どうされたので」

五味に訊かれて顔を向けた信平は、

「こちらをうかがう者がいると思うたが、気のせいだったようだ」

と言い、赤坂に向けて歩みを進め、坂をくだった。


別の路地から出た肥前は、信平がくだっていった坂を見ると、駿河に続くべく、その場から去った。

七吉を連れ去った駿河は、名も知らぬ、人気のない河原へ連れて行くと、手下に命じて駕籠から出させ、活を入れて目をさまさせた。

駿河と手下どもを見て怯える七吉。

駿河は、優しい笑みを浮かべた。

「手荒な真似をしてすまないね。ああでもしないと、騒ぎになると思ったのさ。さっそくだが、箱田さんから預かった物があれば、出してもらいましょうか」

「な、なんのことを言っている」

「おやぁ、とぼけるんですか」

目を見開く駿河の不気味さに、七吉は震える声で言う。

「ほ、本当です。預かり物なんてありません」

「嘘はいけませんよ七吉さん。さっき、信平に助けを求めようとしたじゃありませんか」

駿河が言いながら手下に顎で指図する。

応じた二人の手下が、七吉の身ぐるみを剝いで捜したが、何も出てこなかった。

投げつけられた着物を抱えた七吉が、駿河を見た。

「何もないと言ったただろう。鷹司様なんて、わたしは知らない」

駿河がまた、不気味に目を見開いた。

「おやおや、わたしは鷹司なんて一言も言っていませんよ」

はっとする七吉に、駿河は表情を一変させ、鋭い目で睨んだ。

「聞いていることがあるなら正直に言わねぇと、箱田が死ぬぜ」

駿河の嘘に七吉は動揺したが、それでも言わない。

わっ、と気合をかけて逃げようとしたが、一足跳びに迫り、小太刀を抜いた駿河に背中を斬られた。

「ぎゃあぁ！」

断末魔の悲鳴をあげて振り向いた七吉の額に、駿河は二の太刀を浴びせた。

短く呻いた七吉は、電撃に打たれたように身体を硬直させて背後の川に落ちると、流れに呑まれて姿が見えなくなった。

去っていく駿河たちを枯れすすきの陰から見ていた肥前は、姿が見えなくなったところで立ち上がり、七吉が流された川辺に行き、しばし物思いにふける面持ちでたたずんでいたが、程なくきびすを返し、走り去った。


その頃信平は、五味と居間で向き合い、話をしていた。

お初が茶菓を出しにくると、五味はすぐさま鼻の下を伸ばし、嬉しそうに受け取った。

「お初殿、この草餅はもしや、お初殿がこしらえたのですか」

「ええ、そうよ」

さっそく食べた五味は、とろけるような顔をした。

「まさに、お初殿の味ですな」

五味はお茶を飲み、手を合わせる。

「ごちそうさま。では信平殿、昆陽先生から知らせがありましたら教えてください。すぐに来ますので」

「夕餉《ゆうげ》を食べて行かぬか」

信平が誘うと、五味は惜しそうな顔で額をたたいた。

「せっかくのお誘いですが、これから配下の同心と落ち合い、夜の橋田屋の動きを探ることになっていますんで」

「そうであったか。では、麿もまいろう」

「いやいや、それには及びませんよ。出かければ行き先を確かめるだけですし、もしも動かなければ、退屈極まりないですぞ」

「この目であるじの顔を見てみたい。京で知った顔の者かもしれぬゆえ、確かめておきたいのだ」

咄嗟《とっさ》に、銭才とその一味の関与を疑ったのは、信平の直感にほかならぬこと。それゆえ、あるじの顔を見たいと思ったのだ。

帰りが暗くなることを心配した佐吉が同道すると言い、信平は許し、五味と三人でふたたび出かけた。

南茅場町へ向かうべく、赤坂から虎ノ門《とらのもん》前までくだった時のことだ。左手側に堀、右手側に、武家屋敷の漆喰《しっくい》壁が長々と続く人気のない道で、信平は背後に異様な殺気を感じて足を止めた。振り向いてみると、先ほど通り過ぎたばかりの辻番の前に、忘れもせぬ者が立っていた。

「五味、佐吉、麿の後ろに下がれ」

言われて気付いた佐吉が、あっと指差す。

「奴は、宇治にいた……」

「肥前だ」

信平は佐吉と五味を下がらせ、狐丸の鯉口を切った。

歩みを進める肥前の背後では、番人たちが倒れている。

離れていても、二人のあいだは凄《すさ》まじいまでの緊張が高まり、別次元のごとく空気が張り詰めている。

肥前は、三倉内匠助の太刀を抜くや、猛然と迫った。

信平も走り、肥前が斬りかかった一撃を抜刀術で弾《はじ》き返《かえ》すや、互いに飛びすさりざまに斬り結び、火花が散った。

右手ににぎる太刀の切っ先を向ける肥前が、険しい面持ちで言う。

「宇治で忠告したはずだ。どうやら、命がいらぬようだな」

厳しい口調の肥前が、ふたたび斬りかかってきた。

信平は、袈裟懸けの一刀をかい潜り、振り向きざまに背中を斬ろうと狐丸を振るったが、肥前は見もせず太刀で受け止め、足を狙って一閃《いっせん》した。

跳びすさってかわした信平は、ゆるりと足を右に運び、佐吉と五味を守る位置を取った。

肥前は、油断なく足を運んで間合いを詰めてきた。

ふたたびぶつかり、激しく火花を散らせた信平と肥前は、離れて睨み合う。

「何をしておるか！」

声がしたのは虎ノ門からだ。

勝負が付かぬうちに、虎ノ門を守る番士たちが走ってくるのが遠目に見えた。

肥前は油断なく離れ、きびすを返して走り去った。

狐丸を下げた信平は、長い息を吐いて鞘《さや》に納め、肥前が去った道を見ている。このことで、詮陽の死に銭才が関わっていると知った信平は、佐吉に番士たちを戻すよう命じた。

応じて番士たちに向かう佐吉と入れ替わりに、五味が駆け寄った。

「今のは何者です」

互角の戦いに、五味は顔を青くしている。

信平は五味を見た。

「ここでは話せぬ。屋敷へ戻ろう」

佐吉が戻るのを待った信平は、五味を連れて赤坂へ引き返した。

屋敷に到着すると、善衛門が驚いて出てきた。

「殿、お早いお帰りで」

「うむ。刺客に襲われた」

「さようで……」

さらりと言う信平に一旦は返事をした善衛門であるが、愕然《がくぜん》とした。

「今なんとおっしゃいました！」

式台に上がる信平を追う善衛門を五味が引き止めた。

「恐ろしく強い相手でした。虎ノ門の番士が来なければ、信平殿とて、どうなってい
たか分かりませんぞ」

「何を言うか。殿が負けるはずはなかろうが」

「負けるとは言っていませんよ。ですが、無傷ではすまなかったかも」

善衛門が戸惑いを浮かべ、佐吉に訊く。

「そんなに強いのか」

佐吉は険しい顔でうなずく。

「奴ですよ。豊田《とよだ》備中守《びっちゅうのかみ》盛正《もりまさ》殿を、大名小路《だいみょうこうじ》で暗殺した刺客です」

「何……」

絶句した善衛門は、信平を追った。

居間に入った信平は、鈴蔵とお初を呼び、皆揃ったところで、五味に教えた。

「先ほどの者の名は肥前という。佐吉が申したとおり、豊田殿を暗殺した場と、宇治で斬り結んだ相手だ」

五味が身を乗り出した。

「では、信平殿を追って江戸に来たのでしょうか」

信平は首を横に振る。

「関わるなと言われた。肥前が詮陽先生を殺したかどうかは分からぬが、あの者の言いようからして、この一件のことであろう。となると、町奉行所の手に負えることではない。橋田屋を含め、先生を殺した下手人の探索から手を引いてくれ」

すると五味は、何が起きているのか知りたがった。

信平は、友の命を案じ、銭才が姿を消し、こうしているあいだも、どこかで悪事をたくらんでいることを言っておかねばとも思い、すべてを話した。

京であったことを知った五味は、不安そうな顔で言う。

「では、その銭才という怪しい隠居が、悪事をたくらんで江戸にいると」

「それはまだ分からない。だが、肥前が出てきたからには、この件に関わっているのは確かだ。ただの薬屋の金儲けではなく、我らが知らぬところで、より大きな何かが起きていると、疑ったほうがよい」

だが五味は、手を引くことを拒んだ。

「悪党の好きにはさせませんよ。町奉行所与力の名にかけて、橋田屋の悪事を暴いてやります」

善衛門が口をむにむにとやる。

「おい五味、殿が手を引けとおっしゃったのだ。言うことを聞かねば死人が出るぞ」

いつもはおかめ顔でとぼけている五味であるが、今は目つきが違う。

「信平殿が大きな悪を相手にしていると知ったからには、手伝いますよ。橋田屋だけでも、裏で何をしているか突き止めます」

信平は五味を見て、お初に顔を向けた。

「お初、すまぬが五味を助けて橋田屋を探ってくれ」

「かしこまりました」

快諾するお初に、五味はまじめな顔を向けた。

「二人の結束力があれば、橋田屋など取るに足りませぬな」

お初が睨むと、五味は途端に、目尻を下げた。

「行くわよ」

「はい」

お初に続こうとした五味が、思い出したような顔を信平に向ける。

「そういえば信平殿、橋田屋より大きな相手とおっしゃいましたが、一つ気になることがありますぞ」

「何か」

「詮陽先生は、陸奥山元藩宇多家の御殿医です。亡くなられた場所を考えると、藩邸からの帰り道に襲われたのではないでしょうか」

信平は考えた。

「たまたまか、あるいは、必然か」

善衛門が口を挟んだ。

「殿、山元藩のご当代は、まだ十二の若君です。悪事に荷担するとは思えませぬぞ」

すると佐吉が言う。

「殿様がお若いのなら、後見役がいるはず。務めるのはおそらくは江戸家老でありましょうが、その者でなくとも、若い藩主を取り巻く大人が、悪事に関わっているかもしれませぬぞ」

佐吉の言葉を受けた信平は、推測を口にした。

「仮に、詮陽先生が宇多家からの帰りに襲われたのであれば、宇多家と橋田屋が銭才に関わっており、詮陽先生はその秘めごとを知ったがために、命を奪われたのではないか」

佐吉がうなずく。

「調べる価値はあるかと」

「では鈴蔵、宇多家にまいり、中の様子を調べてくれ。銭才の手下が入っているかもしれぬゆえ、くれぐれも気を付けよ」

「承知しました」

鈴蔵が出ていくと、五味もお初と共に橋田屋に向かった。

六

市ヶ谷に来た鈴蔵は、下は素足で、上は袢纏《はんてん》を着け、腰に脇差しを帯びた中間《ちゅうげん》に化けている。

まずは宇多家上屋敷の周囲を歩いて回った。

黄昏《たそがれ》時の道に人影はなく、表門の番屋の外障子も閉められ、ひっそりしている。でこぼこした石敷きの小道に入り、土塀下の溝を流れる水を見つつ裏手に回ってみる。長屋塀の小窓は開いていたが、中に人の気配はない。その先にある裏門も静かで、道を挟んだ隣の藩邸の長屋塀から聞こえる生活の音にくらべると、まるで空き屋敷だ。

道の先にある隣の藩邸の潜《くぐ》り戸《ど》から、中間が二人出てきた。

二人は肩を並べ、何やら楽しそうにしゃべっている。

鈴蔵は来た道を引き返し、二人の中間が宇多家の長屋塀から離れたところで、ふたたび探りに行く。

隣の藩邸の長屋塀が切れたところで、周囲に人目がないことを確かめた鈴蔵は、宇多家の土塀に耳を当てて中の音を聞く。そして懐から出した鉤縄《かぎなわ》を瓦屋根に投げて引つかけるやいなや、身軽に登り、忍び込んだ。

下りた場所は、広い邸内の裏手に広がる森。

雑木林を抜けると、蔵が並ぶ場所に出た。藩邸の御殿は、蔵の先にある庭の向こうに建っている。

蔵と蔵のあいだの狭い場所に向かった鈴蔵は、裏庭の様子を探った。

人影がなく、

「やけに、静かだ」

それでも油断しない鈴蔵は、作事小屋らしき建物を見つけ、蔵の裏手からそちらに行こうとした。

五つ並ぶ蔵の、真ん中の蔵の裏手を歩いていた時、表側から人の声がした。

漆喰壁の角から見ると、藩士らしき侍が表側を横切り、中間が二人ほど続いて横切った。中間は、手に木箱を持っている。

鈴蔵が別の蔵と蔵のあいだを通って表に行ってみると、藩士が警戒する中、二人の中間は真ん中の蔵の戸口に箱を置き、下がって見ている。

程なく、藩士が警戒を解くと、中間の一人が戸口に近づき、やがて、三人は鈴蔵がいるほうへ歩いてきた。

黙って歩く三人を陰から見送った鈴蔵は、後に続く。

中間の袢纏の色がほぼ同じなのをいいことに、鈴蔵は御殿の裏手に歩いて向かった。

途中にある長屋から出てきた藩士が、鈴蔵に目を向けてきたものの、こちらがへこへこと頭を下げると気にする様子もなく、御殿に向かって歩いていく。

その藩士がふと振り向いた時には、鈴蔵の姿は消えている。

鈴蔵はすでに長屋の屋根に上がっており、軒続きに建つ御殿の大屋根を登って行き、屋根裏に忍び込んだ。

およそ一刻（約二時間）が過ぎて出てきた鈴蔵の顔に、疑問が浮いている。御殿内は穏やかで、藩士たちも落ち着いた様子だったからだ。

このまま屋敷内のどこかに潜み、また明日探るか、それとも、一旦戻って殿に報告するか。

鈴蔵は、すっかり日が暮れた中、屋根の上に座って考えていたが、ふと向けた眼差しの先に見えた景色に、眉をひそめた。闇が広がる中、ぽつりと明かりが見えたからだ。

「あれは確か、蔵があった場所」

蔵がおぼろげな影となって並ぶ真ん中に、明かりが見える。

先ほど、藩士と中間が持っていた箱のことを思い出した鈴蔵は、中にいる者のために夕食を運んだのではないかと疑い、屋根から下りた。

静まり返っている長屋の横を駆け抜け、蔵に行くと、明かりの正体が分かった。蔵の外戸は開けられたままで、金網が張られた内戸のみが閉められ、中の明かりが漏れていたのだ。

その内戸には、錠前がかけられていた。

あたりを警戒した鈴蔵がそっと中を見ると、黙ってうな垂れている男たちがいた。

四人が車座になっている横では、仰向けになっている者、肘枕をして眠る者、壁に向かって座り、頭を垂れている者などがいる。

八人の男たちは皆、鬢《びん》が乱れ、顔の髭《ひげ》も濃くなっているところを見ると、長らく閉じ込められているようだ。

善人か、それとも悪人か。

判断しかねる鈴蔵は、裏に回って身を潜め、確かめる術を思案した。

いっぽう五味は、橋田屋万作の家に忍び込んだお初のことを心配しながら、万が一の時は踏み込むべく、道を挟んだ商家の陰で待っていた。

もう一刻は優に過ぎたため、しびれを切らせた五味は、

「遅い、遅いぞ」

と、独りごち、裏から入ろうと決めて物陰から出た時、横手の路地にお初の姿が見えた。

走ってきたお初に、五味は笑みを浮かべる。

「どうでした？」

「見つかった。逃げるよ」

お初は言うなり、五味の腕を引いて走った。

「待ちやがれ！」

背後で男の声が響き、振り向いた五味の目に、二人の影が映った。その向こうに、無数の人影がある。

振り向きながら走る五味のせいで、二人に追いつかれてしまった。

お初は手を放して立ち止まり、刃物を抜いた二人に向かっていく。

小太刀を使うまでもなく、一人目は首を手刀で打って昏倒《こんとう》させ、二人目は、股間の

急所を蹴り上げて悶絶《もんぜつ》させた。

大の男を造作もなく倒すお初を見て、

「相変わらず強い」

五味は感心して言う。

そうしているあいだにも、大勢が追ってきた。

お初はふたたび五味の腕を引き、路地を走る。そして、いくつか角を曲がったところで、前からも捜す声がしてきた。

お初はあたりを見て、五味の腕を引いて物置に入った。中は狭く、二人が立つのがやっと。

それでも迷わず戸を閉めたお初は、外の気配を探った。

走る足音が近づき、物置の前で歩に変わった。

「女め、確かにこっちに来たはずだが、どこに行きやがった」

戸の隙間から見ているお初は、来れば殺すしかないと思い、小太刀に手をかける。

「向こうを捜せ。逃がすな」

誰かが言い、男は去った。足音が遠ざかり、程なく気配も消えた。

狭い中で、二人は抱き合う形になっていたが、ふとお初が気付けば、首筋に荒い鼻息がかかっていた。

目の前に、鼻の穴を膨らませた五味の顔がある。

「こんな時に……」

呆れたお初は同時に腹が立ち、頬を平手打ちした。

我に返った五味が、外に出て曲者を捜し、

「おりませんぞ」

と言うのに、ため息をついたお初は、五味の腕を引いて走り、赤坂へ逃げた。


先に戻っていた鈴蔵から、蔵に閉じ込められている八人の藩士たちの話を聞いていた信平は、お初と二人で帰ってきた五味の顔を見て、目をしばたたかせた。

左の頬に、お初の平手の跡が張り付いていたからだ。

「痛そうだな」

信平が自分の頬を触って言うと、五味は明るく笑った。

「橋田屋の者に追われて、お初殿と二人で狭い場所に入っただけです。何もしていません。ねぇお初殿」

信平はお初を見た。

「気付かれたのか」

「あるじの万作が話をしていた駿河と呼ばれた男に気付かれました。その者は追ってはきませんでしたか、相当な遣い手ではないかと」

そう言うお初の横で、五味が驚いた。

「お初殿、着物が斬られておりますぞ」

「分かっている」

お初は見もせず、橋田屋で見聞きしたことを信平に報告した。

「駿河は、宇多家の港を使う日が定まったと話していました。声を潜めていましたので日にちまでは聞き取れませんでしたが、後の言葉の中に、大量の武器、宇多家の上屋敷、江戸家老に始末させる、という、二人の男の声が聞こえました」

お初が並べた要点と、鈴蔵から聞いていたことを照らし合わせた信平は、橋田屋のたくらみを推測した。

「港に陸揚げした武器をどこに運ぶかは聞こえなかったか」

「その前に、気付かれました」

頭を下げるお初を見て、五味が真剣な顔をした。

「信平殿、橋田屋を捕らえましょう。奉行所に戻って人を集めます」

するとお初が止めた。

「万作の部屋には鉄砲が何挺《なんちょう》かあったから、正面から行けば死人が出るわよ」

「鉄砲！」

五味は息を呑んだ。

話を聞いていた善衛門が言う。

「町方では荷が重い。殿、相手は銭才の手先です。ここは、酒井大老にご報告して、兵を出していただきましょう」

「駿河と申す者がお初に気付いたゆえ、もうおらぬかもしれぬ。それよりも先に、宇多家に向かう」

信平は、僅か十二歳の藩主忠興の身を案じずにはいられなかったのだ。

三年前に他界してしまった先代忠正《ただまさ》と信平は、顔見知り程度の仲で、忠興とは面識がない。だが、鞍馬山で修行をしている信政の一つ年下に過ぎぬ若さで藩を背負う忠興が、この悪事に荷担しているとは思えない。

お初の報告で、橋田屋と結託した江戸家老が牛耳っていると判断した信平は、鈴蔵が知らせて帰った、蔵に押し込められている藩士たちと、何も知らぬであろう忠興を救うため、密《ひそ》かに動くことを決めた。

「佐吉」

「はは」

「これよりまいる」

「承知いたしました」

「鈴蔵とお初も、共にまいれ」

鈴蔵とお初は揃って頭を下げ、支度に立ち上がった。

善衛門が言う。

「殿、それがしも行きますぞ」

「いや、善衛門は屋敷を守ってくれ。五味も頼む」

素直に従った善衛門と五味に留守を託した信平は、宝刀狐丸を腰に帯びて市ヶ谷に向かった。

七

草木も眠る時刻の市ヶ谷の路地には、一匹の野良犬がいるだけだ。

信平たちが行くと、犬は吠《ほ》えもせず、驚いたように走って逃げた。

宇多家の上屋敷に到着するや、鈴蔵は裏手に案内し、お初と二人で忍び込んだ。

信平が佐吉と外で待つこと程なく、裏門が開けられ、鈴蔵が手招きする。

中に入った信平の目に入ったのは、鈴蔵が昏倒させた門番だ。その者を見つつ走り、蔵に行く。

待っていたお初は、錠前を破り、戸を開けた。

中は真っ暗で見えないが、

「誰だ」

と言う声が返ってきた。

鈴蔵が小声で言う。

「鈴蔵にございます」

「おお、そなたか」

奥から出てきた八人の藩士たちが、信平に頭を下げた。三十代と思しき藩士が顔を上げて言う。

「信平様とお見受けいたします」

「うむ」

「拙者、宇多家用人の島岡浩二郎《しまおかこうじろう》でございます。先刻、鈴蔵殿がまいられた時には驚きましたが、信平様が必ず助けに来てくださると信じて、恥を忍んですべてをお話しした次第。勝手ながら、ここで首を長くしてお待ちしておりました」

「よう話してくれた。そなたらの口を封じる動きがあるゆえ急ぎまいった。まずは、忠興殿をお助けしにまいろう」

「江戸家老の木元とその取り巻きを捕らえてしまえば、他の者は抵抗しないはずです。皆、妻子を人質に取られ、やむを得ず従っている者ばかりですから」

信平はうなずいた。

「では、急ぎ江戸家老を捕らえにまいろうか」

「はは」

おい、と仲間を促した島岡は、立ち上がり、信平を案内して敷地を走った。

鈴蔵とお初が続いていく先で、長屋から出てきた藩士が寝起きの顔でこちらに気付き、ぎょっとした。

「や、島……」

慌てて声をあげようとした藩士であったが、島岡の仲間の藩士二人が飛び付いて口を塞ぎ、腹を殴って物陰に引きずり込んだ。

先に進む島岡が向かったのは、藩邸内にある木元の役宅だ。

他とは板塀で隔ててある役宅に押し込もうとした島岡たちだが、板戸が頑丈で、開けることができなかった。

閉じ込められていたせいで体力が落ちているのか、二人がかりで押しても開かないようだ。

「佐吉」

信平が言うと、応じて前に出た佐吉が藩士たちを下がらせ、肩から板戸に突進して破壊した。

その怪力ぶりに、島岡たちは目を見張っている。

「行きますぞ」

佐吉が余裕の顔で言うと、島岡はうなずいて中に入った。

物音に気付いて出てきた木元の家来たちが、大刀に手をかけた。

「島岡……」

「御家老！　島岡が襲ってきました！」

一人が叫んで家に入り、二人が大刀を抜いて立ちはだかった。

島岡が前に出る。

「木元を捕らえる。そこをどけ！」

用人の大音声に二人は怯んだが、その背後の玄関から、六人の侍が出てきて大刀を抜いた。

島岡はその六人を睨み、信平に言う。

「この者らは、藩の者ではございませぬ」

信平は、刀を持っていない島岡たちを下がらせ、佐吉と共に侍たちの前に出た。

佐吉が大太刀を抜くと侍たちは動揺したが、峰に返すのを見て、怒気を浮かべて向かってきた。

「やあ！」

侍が斬りかかった刀を佐吉が大太刀で弾き返すと、刀身の半分が折れ飛んだ。

目を見張った侍が、化け物でも見るような顔を佐吉に向けて下がる。

「何ごとだ！」

怒鳴って出てきた侍が、狩衣姿の信平を睨んだ。

「貴様、何者だ！」

怒鳴る侍に、島岡が叫ぶ。

「黙れ木元！　殿がお若いのをいいことに、悪党どもに港を使わせて私服を肥やす貴様の悪事はこれまでだ。こちらの鷹司松平様が、殿をお救いくださる」

「何！」

将軍家縁者の信平と知った木元が、驚きのあまり口を開けて下がった。

「ま、まさか……。どうして鷹司様がここに」

信平は、厳しい顔を木元に向けた。

「金に目がくらみ、悪に与するとは愚かな。このままでは、藩を潰すことになろうぞ」

「潰れはしないさ」

木元の背後からした声に、信平が目を向ける。すると、着物を着流した町人風の男が出てきた。

お初が小太刀を抜き、信平に身を寄せる。

「あの者が駿河です」

すると駿河が、穏やかな笑みを浮かべた。

「おや、橋田屋を探っていた人だ。やはり思ったとおり、信平さん、あなたの家来でしたか。ここへ来るのではないかと思い、わざわざ足を運んで待っていて良かった」

顔は穏やかだが、駿河はただならぬ相手。

「お前は、銭才の配下か」

駿河は答えないが、余裕の眼差しがそうだと語っているように見える。

「皆、油断するな」

信平がそう言った刹那、駿河は笑みを浮かべたまま小太刀を抜き、迫ってきた。

お初が前に出て小太刀で受け止め、斬りかかったが、駿河はお初の手首を受け止め、掌《てのひら》で胸を打った。

飛ばされたお初は、なんとか踏みとどまり、胸を押さえて駿河を睨む。小太刀を構え、ふたたび前に出ようとしたが、佐吉が先に出た。

大太刀を振り上げ、

「おりゃあ！」

大音声の気合をかけて打ち下ろした刃が当たる寸前で、駿河はかわした。そしてすぐさま、空振りした大太刀の鍔《つば》を足場にして飛び、佐吉の顎を膝蹴りした。

顎を押さえて下がる佐吉。

鈴蔵がかかろうとしたが、信平が止め、

「他の者を頼む」

そう言って下がらせた。

前に出る信平に、駿河が微笑む。

「一つ教えてください。わたしの邪魔をする者はすべて口を封じたつもりでしたが、どうして、橋田屋と宇多家の繋がりを疑ったのですか」

「橋田屋を探りに行っていた時、肥前が麿を襲ったからだ」

事実を伝えると、駿河は意外そうな顔をした。

「肥前が襲った？　ご冗談を、あの人が勝手に襲うはずはない。我らの仲を裂こうとしても、その手には乗りませんよ」

「妙なことを言う。肥前は、銭才に命じられて麿の命を取りにまいったのではないのか」

「その手には乗らないと申し上げたはず」

駿河は言うやいなや、丁寧な言葉とは反対に、殺気に満ちた目で向かってきた。

信平は横に足を運んで小太刀の切っ先を眼前にかわしたが、地を蹴った駿河が、跳ね返るように迫り、小太刀を一閃する。

狩衣の胸を裂かれた信平であるが、肌には達していない。

駿河は唇に笑みを浮かべ、己の胸を見た。信平の狩衣のように、着物を切られているからだ。

「なるほど。鞍馬で成太屋の手下だった兄弟を倒しただけのことはありますね。では、お遊びはこれまでとしましょう」

笑みを消した駿河は、着物を外して飛ばした。

信平は斬った手応えを得ていたが、倒れないはずだ。駿河は、鎖帷子《くさりかたびら》で身を守っていた。

「危ない危ない」

そう言った駿河は、背に隠していた小太刀を左手で抜き、二刀流で猛然と迫った。

左手を振るって斬りかかり、信平が飛びすさると追って迫り、左右の腕を交互に振るう。

右の小太刀の切っ先が伸びるように、信平の眼前に迫る。たまらず横に飛んでかわした信平は、狐丸を抜き、左手を振るって斬りかかる駿河の小太刀を受け止めると同時にすり流した。

駿河は振り向きざまに地を蹴って飛び、足と腹を同時に狙って、交差する形で斬りかかってきた。

その太刀筋を見切った信平は、両刀を狐丸で弾き、身体を横に転じて左腕を振るう。隠し刀で背中を斬ったが、鎖帷子の火花が散り、傷つけることができない。

振り向いた駿河は、忌々しそうに息を吐いた。

間合いを空けた信平は、左手の隠し刀を納めて手刀を眼前に立て、右足を引き、狐丸の刀身を背後に隠して腰を低く構えた。

対する駿河は、左足を出し、左の小太刀の切っ先を信平の顔に向け、右腕を垂直に上げて小太刀の切っ先を空に向けた。

先に動いたのは駿河だ。

切っ先を向けて迫り、信平が狐丸で切り上げると左の小太刀で受け止め、頭を狙って右の小太刀を打ち下ろす。

だがその前に、信平の狐丸は左の小太刀を切り飛ばし、駿河の左足を斬っていた。

駿河が足を斬られたことに気付いたのは、軸がずれ、右の小太刀を空振りしてからだ。

呻いて左の太ももを押さえた駿河は、

「ほんのかすり傷だ」

笑って言い、すぐさま怒気を浮かべて斬りかかってくる。

信平も走り、地を蹴って飛ぶ。

はっとして頭上を見た駿河に、信平は狐丸を両手でにぎり、幹竹《からたけ》割りで打ち下ろした。

鎖帷子は火花も出ず、左肩から胸にかけて斬られた駿河は、呻き声をあげて突っ伏した。

硝煙の匂いを敏感に察知した信平が、玄関に顔を向ける。すると、万作がおり、三人の手下が鉄砲を構えていた。

「殿！」

叫んだ佐吉が信平の視界に入ってきた時、轟音《ごうおん》が響いた。

呻いた佐吉は顔をしかめながら、身を挺《てい》して信平を守った。

「佐吉……」

「大丈夫。かすり傷です」

右腕を押さえて言う佐吉を下がらせた信平が行こうとすると、万作の手下どもは、胸や腕に手裏剣が刺さり、倒れて呻いていた。

鉄砲が放たれる寸前に鈴蔵とお初が手裏剣を投げたことで、弾がそれたのだ。

万作は、弾が入っている鉄砲を取り、

「来るな！」

脅すと、家の中に逃げた。

お初が追う。

裏から出た万作を追って、お初が外に出ようとした時、鉄砲の轟音がした。咄嗟に柱に隠れたお初が、開けられている雨戸から顔を出すと、裏庭で万作が倒れていた。

身体を調べたお初は、闇に包まれた庭を見渡し、油断なく下がった。

木元とその一味を捕らえる島岡たちを見ていた信平は、戻ったお初に顔を向けた。

「逃げられたか」

お初は首を横に振る。

「何者かに斬られました。口を封じたものと思われます」

「今のあいだに姿を消すとは、その刺客、油断ならぬ者のようだ」

「肥前でしょうか」

「分からぬ」

しくじった者を平気で殺す銭才とその一味を不気味に思う信平は、鈴蔵の手当てを受ける佐吉に気を付けるよう言い、島岡と共に、御殿に向かった。

御殿は騒然としており、刀や槍《やり》を持った藩士が忠興を守っていた。

島岡は大音声で、

「方々、静まれよ！　鷹司松平信平様が殿にお会いになられる！　木元とその一味は捕らえた！　これをもって、家族を出してやれ！」

藩士たちに言い、木元から奪った建物の鍵を見せた。

すると藩士たちは刀と槍を下ろし、信平に片膝をついて頭を垂れた。

島岡の案内で御殿に上がった信平は、奥御殿から出てきた若き藩主と対面した。

何も知らぬ忠興は、島岡から騒動のことを聞き、木元がしたことにただ驚くばかりだ。

信平は、そんな忠興に言う。

「御家が公儀から預かっておられる船越の港に、下御門実光の手の者がいるかもしれぬことを、酒井大老に伝えられよ。ただし、麿の名は出さぬように願います」

信平はそうさせることで、忠興に罪が及ばぬように考えていた。

神妙な態度でのぞむ忠興は、名を伏せる理由を訊いてきたが、信平は濁し、約束させた。

忠興はさらに訊く。

「下御門とは、何者にございますか」

「この世の安寧を乱そうとする、京の魑魅です」

若き忠興は、捕らえられた木元がその悪に毒されたことを知り、肩を落とした。

「木元には、必ず厳しい罰を与えまする。島岡」

「はは」

「朝を待ち登城する。余の供をいたせ」

「承知つかまつりました」

うなずいた忠興は居住まいを正し、信平に向かって両手をついた。

「鷹司様、今の今まで何も知らなかったことは、わたしの不覚にございます。いかなる厳しい罰も、甘んじてお受けいたしまする」

忠興の神妙さに胸を痛めた信平であるが、

「上様のお慈悲があろうかと」

そう言うしかなかった。


数日が過ぎた昼下がりに、自室にいた信平のもとに善衛門が来た。

「殿、甥の正房から文が届きました」

渡された文には、正房が知り得たことが書かれていた。

それによると、将軍家綱は忠興を許し、船越の港には、公儀が陸奥に向かわせていた譜代大名、香坂淡路守《こうさかあわじのかみ》の軍勢一千を向けていた。

信平は文を善衛門に返し、安堵の息を吐いた。

善衛門が言う。

「これを届けた正房の用人が申しますには、忠興殿は切腹を覚悟されていたらしく、死に装束で登城したそうにございます。上様は、その潔さに感銘され、先が楽しみだとおっしゃってお許しになられたそうです」

信平はうなずき、

「賢いお方ゆえに、家来の裏切りはさぞ辛《つら》かったであろうな」

忠興と対面した時に見た、悲しい眼差しを思い出していた。

そして、善衛門に気になったことを問う。

「香坂淡路守殿は、何のために千人もの兵を率いて向かっていたのか」

「それがしも用人から口頭で聞き、気になりましたもので問いましたところ、正房もそこまでは知らぬようにございます」

「そうか……」

「これはそれがしの憶測に過ぎませぬが、船越の港は、公儀から睨まれている陸奥藩井田《いだ》家の旧領にございます。御公儀は、井田家の何らかの動きを察知し、千もの兵を向けようとしたのではないでしょうか」

お初が橋田屋で聞いた、武器を運ぶ、という言葉が脳裏に浮かんだ信平は、

「何も起きなければよいが」

と言い、庭に顔を向けた。

佐吉が育てている山吹《やまぶき》の花が、しばし気持ちを和ませてくれる。

第三話　銭才の策略

館の座敷から見える松林あたりから、海猫の鳴き声がしている。

絹の黒い直垂《ひたたれ》と括袴《くくりばかま》を着け、上座であぐらをかいている銭才は、白濁していない右目に生気に満ちた光を宿し、紫がかり色が悪い唇には、無情を思わせる笑みを浮かべている。

そんな銭才に向かい、廊下で平身低頭しているのは、ぼろをまとった怪しい男。

銭才はこの男から知らせを受け、不気味な面持ちに変わっているのだ。

「駿河をやったのは誰だ」

「分かりませぬ」

銭才の問いに、男は即答した。

これを受け、銭才と共にいた成太屋源治郎が口を挟んだ。

「万作は、どうして死んだのだ」

成太屋に顔を向けた男は、首を横に振る。

すると成太屋は、あからさまに不機嫌な顔をして、使えぬ奴だ、と、ののしった。

すぐさま態度を変え、銭才に不安そうな顔を向ける。

「船越の港は、もう使えないのか」

「使えぬ」

「それは困る。船はもうすぐ江戸沖を越えるのだぞ。このままでは、海の上で立ち往生だ」

銭才は成太屋に顔を向ける。

「慌てるな。これも策のうちじゃ」

「どういうことだ。船越の港を使えるようになるのか」

焦るあまり責め口調になる成太屋に対し、銭才はたくらみを帯びた笑みを浮かべる。

「すぐに良い知らせを届けるゆえ、船を待たせておけ」

「しかし……」

「わしを信じぬのか」

銭才に睨まれた成太屋は、恐れた面持ちで口を閉じた。

「下がれ」

「はい」

成太屋は神妙な態度で頭を下げ、部屋から出ていった。

銭才が手を振ると、ぼろをまとった男も廊下から去った。

入れ替わりに現れたのは、良い色の濃紺の単衣《ひとえ》に黒い袴を着けた肥前だ。

廊下で正座し、三倉内匠助の太刀を右に置いて頭を下げる肥前を、銭才はじっと見つめた。

「肥前」

「はい」

「そなた、何ゆえ信平を斬ろうとした」

肥前は顔を上げず、

「橋田屋を探る動きがありましたもので、邪魔になると思い」

と、即答するが、銭才は、見つめる右目に疑いの色を浮かべている。

その銭才の下手に座している帳成雄は、先ほどから目を閉じている。

程なく銭才がそちらを見ると、帳成雄は目を開け、

「嘘ではないようです。ただ、信平との闘いを楽しんでおられるご様子だ」

と言う。

「ふ、ふっふっふ。さようであったか」

銭才は安堵して笑うが、すぐさま、厳しい顔を肥前に向けた。

「駿河が死んだ。我が十人衆の一人を倒せるのは、信平しかおらぬ。そうは思わぬか」

「おっしゃるとおりかと」

「分かっておるなら、下手に手を出すな。信平のことはよい。今から申し渡す地へ行き、成太屋源治郎の船が運んでくる荷を守れ」

「承知しました」

程なく地名を聞いた肥前は、旅に出るべく銭才の前から下がった。

廊下を表玄関に向かって歩いていた肥前は、庭で猿を遊ばせているお絹を見かけて立ち止まり、周囲に誰もいないのを確かめて、裸足《はだし》のまま庭に下りた。

敷き詰められている小石を踏み鳴らし、お絹のそばへ行こうとするが、いち早く気

付いた猿が歯をむき出し威嚇してきた。

上等な生地の小袖を着せてもらっているお絹は、肥前に顔を向け、笑みを浮かべた。

優しい顔を久しぶりに見た肥前は、胸が詰まる思いで歩み寄ろうとしたのだが、ふと、背後に気配を感じて振り向く。すると、派手な色の小袖に袴を着けた近江が、腕組みをして廊下の柱に寄りかかり、興味がありそうな顔で見ていた。

何も言わず去ろうとする肥前に、近江が声をかける。

「奪って逃げたらどうだ」

肥前が睨むと、近江は鼻で笑う。

「そう怖い顔をするなよ」

「お前とは、いずれ決着を付ける」

肥前はそう言い、足早に玄関へ向かった。

その場で見送った近江は、顔から笑みを消した。そして、不気味に目を見開き、舌なめずりをする。

近江が庭に目を向けると、猿は怯えて、お絹に抱きついた。

「よしよし」

頭をなでたお絹は、肥前に見せた笑みのまま庭を歩き、近江には目もくれず去っていく。

そんなお絹のことを見ている近江の目は、真意を探ろうとする眼差しだ。

二

幕府大老の酒井雅楽頭忠清《うたのかみただきよ》が、江戸城大手門前の自邸に幕閣を招集したのは、風が強い日のことだ。

江戸城下が砂塵《さじん》で霞《かす》む中を集まってきた面々を前に、酒井が開口一番、

「由々しき事態となった」

眉間に皺《しわ》を寄せて告げたのは、朝方、大目付からもたらされたことだ。

参勤交代の行列を襲われ、藩主が大名駕籠もろとも斬殺されたことは、ここに集まる面々には記憶に新しい。

その大名家は、陸奥岩城山《いわきやま》藩菅山《すがやま》家であるが、酒井が咎め、すでに改易に処している。酒井が言う由々しき事態とは、城下から放逐されていた菅山家の旧家臣たちがふたたび集まり、岩城山城に籠城するという情報が、大目付に届いたのだ。

この頃病弱で、登城もままならぬ古参の老中、板倉重矩《いたくらしげのり》が不在の中、酒井大老は一人気を吐き、籠城を阻止するべく主立った幕閣を集めたのだ。

岩城山城へ立て籠もると知らされた幕閣たちの反応は様々で、ただ驚く者、ただちに兵を送るべしと奮起する者がいれば、改易に処した酒井の失策だと言わんばかりに、どうしてこのようなことになったのか、と、嫌味をぶつける者もいる。

酒井は、騒然となる中で一人冷静な様子で座し、折り合いを見て静かにさせた。

「ことは急ぐ。議論をしておる余地はないゆえ、香坂淡路守を向かわせようと思う」

酒井が指名した香坂淡路守は、当初岩城山城の受け取りに向かわせていた譜代大名であるが、駿河と橋田屋の悪事で奪われそうになっていた船越の港を守らせるために、行き先を変更して入らせている。

これによって生じた岩城山城の受け取り遅延が、菅山家旧家臣の蜂起を許したと思っている酒井は、焦っていた。

「お言葉ではございますが……」

口を開いたのは、老中首座の稲葉美濃守正則《いなばみののかみまさのり》だ。

口答えに不機嫌の色を浮かべた顔を向ける酒井に、稲葉は気をつかいながら続ける。

「香坂殿が守っておられる港は井田家の旧領であるうえに、下御門の手が伸びておりますゆえ、兵を引くのは危のうございます」

酒井は厳しい目を向ける。

「では、いかがする」

稲葉は考えをめぐらせるが、

「さて、どうしたものか」

すぐには妙案が出ない。

酒井が苛立ちの息を吐き、皆に問う。

「籠城を許せば、近隣の藩にも影響が出る。猶予は許されぬ。早急に行けるのは誰か」

すると皆は、常陸《ひたち》の土浦《つちうら》を領地とする老中の土屋《つちや》但馬守《たじまのかみ》に注目した。

土屋は困惑の色を浮かべているが、言い返すことはせず、うつむいてしまった。程なく酒井に向き、応じる声をあげようとした時、若年寄の大垣能登守《おおがきのとのかみ》が口を開いた。

「一番近いのは、二森藩《ふたもりはん》の平林左京太夫春永《ひらばやしさきょうだゆうはるなが》殿では」

するとすると土屋が、

「おお、それは妙案」

出兵を逃れるために、すぐさま賛同し、酒井に言う。

「二森藩の軍勢ならば、我が藩の軍勢より一日、いや、二日早く到着できます」

渋い顔をした酒井が、籠城を知らせてきた大目付の前山《まえやま》安房守《あわのかみ》に意見を求めた。

「平林家は外様の六万石だ。そのような小大名一人に任せて大丈夫か」

前山はうなずく。

「平林家の先代は公儀の求めによう応えて仕え、また、武芸を重んじる家柄。家中の者をよう鍛えておりますから、ひとたび兵を出せば、浪人どもの籠城など、すぐさま制圧しましょう」

太鼓判を押された酒井は、ただちに奉書をしたため、前山に渡した。

「目付役二名の選出はそちに一任する。これを持って二森城へ走らせ、制圧を見届けさせよ」

「はは、承知つかまつりました」

奉書を預かった前山は、酒井の前から下がった。

大垣が酒井に言う。

「時に御大老、陸奥山元藩主の宇多長門守殿のお国入りを許されたと聞きましたが、まことでございますか」

酒井は渋い顔をした。

「いかにも」

すると、居合わせる者たちからどよめきが起きた。

大垣が続ける。

「下御門一味の罠に嵌《は》められて、こともあろうに公儀が睨みを利かせる井田家が欲する港を使わせようとした者を国入りさせるのは、危のうございませぬか。御大老は、井田家と下御門が裏で繋がっていると、お考えのはず」

「………」

苦り切った顔で黙っている酒井に、大垣はさらに問う。

「御大老、井田家と下御門の繋がりを、どこまでつかんでおられますか。これからのためにも、我らにお教えください」

酒井は厳しい目で大垣を見つめたが、すぐに表情を和らげて、薄い笑みを浮かべた。

「方々に語るほどのことは、つかんでおらぬ。そもそも井田家は下御門とは繋がっておらず、我らに怪しいと思わせること自体が、将軍家から天下の政《まつりごと》を奪わんと画策する下御門の陰謀かもしれぬ」

うなずく大垣に代わって、稲葉が酒井に言う。

「井田宗重《むねしげ》殿は、今は鶴宗《つるむね》と称して国許の隠居所へ引き籠もり作刀三昧ですが、一度は正室の実家である西院《さいいん》家を利用して朝廷に近づき、徳川幕府から権力を奪おうと画策した人物。二十年過ぎた今でも、公儀が警戒している者。隠居といえども、井田一族本家、陸奥藩七十万石の政は、未《いま》だに鶴宗の手中にあるものと睨んでおります」

酒井は稲葉に、厳しい目を向けた。

「そのようなこと、言われなくとも分かっておる」

「では、山元藩の若殿を国許へ行かせるのはお考え直しください。鶴宗はしたたかな者。山元藩は井田家本領に近《ちこ》うございますから、鶴宗が下御門と繋がっておれば、取り込みにかかるやもしれませぬ。宇多長門守殿はまだ十二、いかに国家老が優れた者であっても、江戸から遠のけるのは危のうございます」

力説する稲葉であったが、酒井はあきらめの息を吐いた。

「上様が、橋田屋の一件で長門守を殊勝の者とおっしゃり、お許しになられたのだ。覆すことはできぬ」

「さようでございましたか」

引き下がる稲葉に代わって、大垣が言う。

「これを利用せぬ手はございませぬ。平林殿が討伐に苦戦した時は、山元藩を援軍として出させてはいかがでしょうか」

「おお、それはよい考え」

賛同する土屋を見る酒井に、大垣が続ける。

「万が一、山元藩が不穏な動きをいたせば、潰す口実になろうかと」

酒井は、大垣の考えに渋い顔をした。

「上様がお認めになられた者を疑いとうはない。岩城山城のことは援軍を出すようでは困るが、行かせるのが二森藩のみゆえ、山元藩には支度をさせよう」

酒井はそう決めると、ただちに動いた。

三

この日、鷹司松平信平は、訪ねてきた渋川昆陽を客間に通し、向き合っていた。

予定より半月あまり遅れて薬草を求める旅から帰った昆陽は、

「八王子の旅籠で文を受け取りました時は、旅に出たことを悔やみました」

詮陽を失ったことを深く悲しんでいる。

「まさか、殺されるとは思うてもおらず……」

落涙する昆陽に、信平は言う。

「決して、ご自分を責めてはなりませぬ。詮陽殿のお人柄を察するに、今の先生のご様子を草葉の陰から見られ、悲しんでおられるかと」

「さようですな」

昆陽は頬を拭い、懇願する顔を向けた。

「詮陽を殺した者のことは弟子から聞きました。橋田屋の背後にいる者は、信平殿が京で一戦交えた者ですか」

紀州徳川家の当代光貞《みつさだ》から聞いているのだろうと察する信平は、うなずいた。

「詮陽殿のおかげで、多くの民と、大名家を救うことができました。上様も、詮陽殿のことを耳にされ、悲しまれたと聞き及んでおります」

昆陽はようやく、いつもの優しい顔に戻った。

「であれば、詮陽も少しは浮かばれましょう。お話しして、少し気分が楽になりました。では、奥方様のご尊顔を拝して、そのままおいとまします。久々に、奥方様の脈をお取りしましょう」

「よろしく頼みます」

頭を下げる信平の前から下がった昆陽は、廊下に控えていた善衛門と共に奥御殿へ渡っていった。

信平は文机に向かった。

上野《こうずけ》の多胡《たこ》郡岩神村《ごおりいわかみむら》一千四百石、上総長柄郡下之郷村《かずさながらごおりしものごうむら》千石、そして、頼母がいる宇治の五ヶ庄六百石のことは、それぞれの地の代官に任せているものの、領民の暮らしぶりなどは常に気にとめ、信頼する代官から送られてくる書類に目を通していた。

銭才が去った五ヶ庄の家は、一人たりとも出入りがなく、空き家になっているという。

それぞれの領地も静かな時が流れ、下之郷村を任せる宮本厳治《みやもとがんじ》の報告では、如願寺《によがんじ》の恵観《えかん》和尚や弟子たちも息災で暮らし、いたって平穏。

岩神村をよく治めてくれる代官大海四郎右衛門《おおうみしろうえもん》には、久々に会いたいと思いつつ、養蚕業に励む領民たちの姿を目に浮かべていた。

佐吉が来客を知らせに来たのは、そんな時だ。

「殿、目付役の茂木《もぎ》殿がおみえになりました」

「うむ」

頼母から届いたばかりの文を読もうとしていた信平は、それを手箱に戻し、立ち上がった。

何か火急の用だろうかと思いつつ客間に行くと、茂木が頭を下げた。

「突然の無礼をお許しください」

いつも固い面構えの茂木が、今日はいささか昂揚したような顔をしている。

何か良いことがあったのだろう。

信平がそう推測しながら向き合って座ると、茂木は居住まいを正して、いつもの固い面構えに戻り、役目のことを教えた。

岩城山城主の斬殺と御家の改易を知っている信平は、放逐された岩城山の旧藩士たちが籠城したことを茂木の口から聞き、胸を痛めた。

「御家を潰されたことを不服に思い、籠城という暴挙に出たか」

信平の言葉に、茂木は身を乗り出す。

「拙者は、下御門実光の関わりを疑っています」

信平は厳しい目を向ける。

「山元藩の領地に近いゆえ、そう思われるのか」

「それもありますが、実は、殺された藩主の菅山殿は、下御門に誘われたと、我らに密書を送ってきていたのです」

信平は、冷静な目を向ける。

「密書に書かれていたことを、麿に話せますか」

信平を信頼する茂木はうなずき、口を開いた。

「日ノ本のあるべき姿に戻すべく、徳川将軍家を討伐する兵を挙げる。味方をすれば、朝廷の要職を約束すると誘われていたようです」

信平は、黒い罠だと思った。徳川将軍家から日ノ本の政を取り戻さんと暗躍する公家が、朝廷に武家を列するはずはない。武力を利用するために、甘い蜜を見せて誘いをかけているのだ。

「菅山殿は、下御門の魂胆を見抜かれたか」

「はい。心底を悟られることを恐れていた菅山殿は、参勤交代で江戸に戻られたその足で大目付と会われ、詳しいことを口頭で伝えることになっておりました」

「それを感づかれ、道中で襲われたと」

「そうとしか思えませぬ。御大老は、家中に裏切り者がいると疑われ、早々に改易されたのです。菅山殿が密書に子細を書いてくださっておれば、下御門の狙いが分かりましたものを。籠城もなかったかもしれぬと思うと、口惜《くちお》しゅうございます」

「では、今籠城している者は、下御門の息がかかった者たち。公儀はそう思われているのか」

「そのとおりです。本日は、このたびの大役を果たすためにお教えいただきたく、まかりこしました。下御門がどのような面相をしているかお教えください。討伐軍に周知させ、捕らえとうございます」

信平は、張り切る茂木を冷静な目で見つめた。

「残念ながら、麿は下御門を見たことがない」

期待が外れて、茂木は肩を落とした。

「さようでございましたか」

「ただ、下御門ではないかと疑っている者はいる。人相を調べさせていた我が家来が文を送ってまいったが、まだ目を通しておらぬのでしばし待たれよ。何か書いているやもしれぬゆえ、見てまいろう」

茂木は身を乗り出した。

「お願い申します」

信平は自室に戻って頼母の文に目を通し、それを持って客間に戻った。

頼母の文を差し出すと、茂木は押しいただき、それに目を通した。そして、信平に言う。

「名は銭才。左目が白濁した老翁で、穏やかな表情とあります」

信平はうなずく。

「我が領地の宇治五ヶ庄に暮らしていた時は、商家の楽隠居で通していた。その者が下御門本人かまでは分からぬが、そばには猿を連れた若い娘がおり、加えて、肥前という剣の遣い手と、離れた場所から人の動きを見透かす術を使う者が与している」

茂木が不思議そうな顔をした。

「見透かすとは、どのように」

「たとえば茂木殿が目を付けられた時、今こうして麿と向き合《お》うておられる姿を、相手は見ているということじゃ」

茂木は信平の目を見てきた。

「お人が悪い。戯《ざ》れ言《ごと》をおっしゃいますな」

堅物らしく、目に見えるものしか信じないという茂木に、信平は続ける。

「麿が頼る陰陽師も、同じ技を使う。京では、人を捜すにあたりずいぶん助けられた。これを、持って行かれるがよい」

信平は、光音の札を差し出した。

茂木は興味を示したが、すぐさま頭を振る。

「何かからくりがあるはずです。拙者は信じませぬ。それよりも、銭才のことをもっと教えてください」

信平は光音の札を狩衣に忍ばせ、茂木を見た。

「銭才の手の者で、麿がこれまで斬り結んだ者は皆、肥前や駿河など、国の名を名乗っている。他に何人いるかは分からぬが、いずれも強敵ゆえ、許されるなら麿が同道したい」

茂木は驚いた。

「ありがたきお言葉ではございますが、討伐軍がおりますから、数で圧倒できます」

「相手を甘く見ぬほうがよい」

「京で一戦交えられた信平殿のお言葉を胸に刻んで油断しませぬ。ですが万が一、我らに何かあれば、その時は信平殿、くれぐれもお頼み申します」

含んだ言い方が気になった信平は真意を問おうとしたが、茂木は会話を断ち切るように頭を下げた。

「こたびの大役を、必ず成し遂げてみせまする。土産話を楽しみにしていてください。では、これにてごめん」

茂木はそう言うと、慌ただしげに帰っていった。

見送りをすませて戻った佐吉などは、

「殿に銭才のことをうかがいにまいっただけとは思えぬのですが……」

首をかしげている。

「佐吉もそう感じたか」

信平が言うと、佐吉はうなずいた。

「公儀から討伐軍の目付という大役を命じられたのが、よほど嬉しかったのでしょうな」

自分とは別のことを感じていた佐吉に、信平は微笑むのみにとどめ、会話の中で浮かんでいた一抹の不安のことは、言霊を嫌って、口に出すのをやめた。

四

朝方に支度を整えた茂木は、玄関で待っていた二人の家来に、

「申しつけたとおりに頼むぞ」

念を押して、送り出した。

遅れて屋敷を出た茂木は、同輩の鮫岸《さめぎし》と待ち合わせの場である、曲輪内にある公儀

の厩《うまや》に急いだ。鮫岸は先に来て待っており、緊張した様子だ。

茂木は、

「しっかり役目を果たそうぞ」

励まして馬に跨《また》がり、まずは奥州街道で白河《しらかわ》をめざした。

白河藩の者から岩城山の情報を集め、しばし休息を取った茂木と鮫岸は、別の馬に乗り換えて北へ向かい、江戸を発った翌日の昼には、二森へ到着した。

城下は多くの旅人や町の者たちでにぎわい、米を積んだ荷車を引く者たちが、忙しそうな声をかけて通りを進んでいく。

町を歩いていた藩士と思しき侍を呼び止めた茂木は、馬を降りることなく言う。

「公儀目付役の者だ。江戸より藩侯に火急の知らせを届けにまいった。城へ案内を頼む」

「はは！　こちらでございます！」

公儀と聞いて驚いた藩士は、名乗るのも忘れて城へ案内した。

大手門前で馬を預けた茂木は、鮫岸と共に二森城に入った。

江戸城にくらべ、こぢんまりした城は、大手門を入った正面に二層三階建ての小天守を望める。その手前に本丸御殿の玄関があり、藩士の知らせを受けた国家老の出迎えを受けた。

　穏やかな表情に似合う声で堂島正衛《どうじませいえ》と名乗った四十代の二森藩の国家老は、茂木と鮫岸を本丸に上げた。

　玄関の正面にある大部屋に入ると、堂島が上座をすすめて言う。

「ただいま茶などを支度させますゆえ、まずは一息お入れください」

　一文字笠《がさ》を置いて手甲を外し、身なりを整えて待つこと程なく、矢絣《やがすり》の小袖に身を包んだ腰元が茶菓を持って現れ、茂木と鮫岸の前に置いた。

　下がるのを待った鮫岸が、喉が渇いていたと言って茶を飲むのを見た茂木は、

「ささ、茂木殿もお飲みください」

　堂島にすすめられ、厳しい顔を向ける。

「急ぎの知らせと申したはず。茶を飲んでいる場合ではござらぬ」

　茶を飲んでいた鮫岸が横でむせた。

「まあまあ、そうおっしゃらず。殿は急ぎ支度をしておりますゆえ、今しばらくのご猶予を」

　田舎大名の呑気さに苛立ちを隠さぬ茂木は、湯飲みを手荒につかみ、一息に飲み干す。

それからしばらく待たされて、ようやく知らせがきた。

堂島は申しわけないとあやまり、奥へ誘う。

大部屋から出た茂木と鮫岸は、鶯《うぐいすば》張りの大廊下を堂島に続く。案内されたのは、築山《つきやま》が見事な庭を望める書院の間だ。

待つこと程なく、太刀持ちを従えた藩主春永が上段の間に現れ、二人に向いて正座した。

茂木が頭を下げた。

「公儀目付役、茂木大善《だいぜん》にございます」

「同じく、鮫岸甚六《じんろく》にございます」

「左京太夫春永にござる。遥々《はるばる》ご苦労にござった」

鮫岸が下がって座りなおし、茂木が懐から奉書を出すと、春永は立ち上がって上段の間から下がり、茂木に上座を譲って座った。

奉書を崇《あが》め、神妙に頭を下げる春永に、茂木は口頭で公儀の命令を伝えた。

「上意。ただちに兵を集め、岩城山城に立て籠もる不埒《ふらち》者を成敗せよ」

「はは。承りました」

逆らうことを許されぬ春永は即答し、深々と頭を下げた。

　茂木が奉書を元に戻し、膝行《しっこう》して身を寄せる堂島に渡すと、春永と場所を入れ替わり、改めて訊く。

「公儀は早急の討伐を望んでおりますが、いつ出立できますか」

　三十三歳とは思えぬ老け顔の春永は、頭脳明晰《めいせき》そうな細面に余裕の色を浮かべた。

「すでに出役の支度はできております。いつでも出られますぞ」

　茂木は驚いた。

「どういうことですか」

　春永が言う。

「岩城山は隣国も同然ゆえ、城下の不穏な動きが旅人の噂でいち早く耳に入ったのです。そこで真偽を確かめるべく家来に命じて探らせたところ、どうやら噂はまことだと分かり、御公儀より奉書が届くことを見越して、支度を整えさせておりました。兵の数は三千。堂島、子細を記したものをお見せしろ」

　応じた堂島が、鉄砲や弓の数などを記した紙を広げた。

　のぞき込んだ鮫岸が、十分な装備を見て唸った。

「ここまで支度しておられるとは、おそれいりました」

　鮫岸が言うと、春永はこの日初めて笑みを見せた。そして、茂木に言う。

「一刻（約二時間）後に出立いたせば、明朝には岩城山城へ到着できますが、それでよろしいか」

「是非ともお願いいたします。我ら二人も同道し、見届けさせていただきます」

「では、出立まで休まれるがよい。お二人の供は」

「我ら二人のみにござる」

茂木が即答すると、春永はうなずき、小姓に世話を命じて、堂島といくさ支度に下がった。

茂木は鮫岸と客間に案内され、腹ごしらえをした。

湯漬けを食べながら、鮫岸が言う。

「それにしても、左京太夫殿の先見には驚いた。三千もの兵を集めて待っておられるとは、思いもしなかったな」

「確かに。だが考えてみれば、近くに井田の本家があり、江戸に向かっていた岩城山藩主が何者かに殺されたのだ。拙者が藩主でも警戒する。そこにこたびの籠城が知らされたのだ。おそらく井田家との呼応を恐れての、いくさ支度であろう」

「なるほど。確かに、背後に井田家がいたのでは、気持ちがいいものではないな」

「籠城の首謀者を捕らえて下御門との繋がりが判明すれば、井田家との関わりも調べる。これが、我らに課されたまことの役目だ。気を抜くなよ」

「承知」

鮫岸は湯漬けをかき込み、自分で器によそって二杯目を食べはじめた。

食事を終えた二人はしばし仮眠を取り、支度を整えて待つこと程なく、呼びにきた小姓と共に、本丸御殿から出た。

大手門はすでに開けられ、その外では兵が隊列を組み、松明の火が幻想的だ。

藩主春永が式台に出てきた。

鎧《よろい》をまとう春永に対し、玄関前で待っていた重臣たちが頭を下げる。

春永に従って大手門から出た茂木は、三千の兵の隊列を改めて見た。

所持を厳しく規制されている鉄砲の数こそ少ないが、弓組に槍組、騎馬組が整然と並んでいる景色は、壮観そのもの。

初めてのいくさに、茂木は武者震いをした。

横を歩く鮫岸も緊張しているらしく、茂木と目が合うと硬い表情でうなずき、前を向いて歩む。

門前に引き出されていた馬に乗った茂木と鮫岸は、春永のすぐ後ろに付き、夜の行軍に随従した。

領地に海を持たない二森藩は、敵の見張りを警戒しながら森を抜け、旧岩城山藩の領地に入ると、海辺の街道へ出た。

井田家の領地と水戸《みと》を繋げるこの街道を使う大名は、これより北に領地を持つ陸奥山元藩のみ。井田家は、水戸徳川家に遠慮してこの街道を使わず、山間《やまあい》の険しい街道を使っている。岩城山藩も水戸徳川家に遠慮して山間の道を使っていたが、険しい場所にさしかかったところで襲われた。

海辺の道は平坦《へいたん》で見通しが利き、松明の火を遠くから見られる危険があるが、春永がこちらを選んだのは、岩城山城に近いのもあるが、見通しが悪い山間の道での闇討ちを警戒してのことだろう。

行軍の道順に口を出さない茂木は、そのように理解していた。

心配された闇討ちもなく、夜明け前に岩城山城下の近くまで来た平林の軍勢は、まずは守りを固め、先行させていた物見の帰りを待った。

海の彼方《かなた》が明るくなりはじめた頃に戻った物見が、城には松明が明々と焚かれ、警戒しているようだという。

国家老の堂島が問う。

「敵の数はどうだ。多いのか」

「確かな数は分かりませぬが、町の者によりますと、大勢の浪人が入るのを見たそうです」

「よし。ご苦労」

下がらせた堂島が、春永に言う。

「城の大手門を見ることができる丘陵に陣を張ります」

あらかじめ決めていたのだろう。春永が応じ、兵をすすめた。

戦いの火蓋が切られたのは、夜が明けて一刻ほど過ぎた頃だった。

城下を進んだ兵が大手門前に集結し、まずは鉄砲を放った。

城からは弓矢で応戦するものの、攻め手の勢いが勝って門は破られ、兵がなだれ込んだ。中の抵抗は弱く、攻め入って半刻（約一時間）もしないうちに、城は落ちた。

本陣にいた茂木は、戻った兵が春永にする報告を聞くまでもなく、遠眼鏡で大手門を見ていた。

籠城する者を捕らえたと聞いた茂木は、鮫岸の袖を引いて陣幕の外へ呼び、少し離れたところで立ち止まった。

「どうも、あっさりしていると思わぬか」

疑念を伝えると、鮫岸は眉をひそめた。

「いや、当然だろう。二森藩の兵は見事な戦いぶりだった。大手門から射られる矢に怯むことなく進み、門を破ったのだから」

「そのことだ。拙者には、内側から開けられたように思えた」

するとと鮫岸が驚いた顔をしたが、すぐに笑った。

「考え過ぎだ。いくさを初めて見たが、戦国の世ならまだしも、今は泰平の世だ。城の大手門はあんがい、もろいのかもしれぬぞ」

「どうも怪しい。大目付様の焦りようから、もっと大勢籠城していると思っていたが、大手門を破られてからは、さして戦いもなく終わった」

「だから、考え過ぎだと申しておる」

「そうだろうか」

「そうだとも。現に城内では火の手が上がり、鉄砲の音もしてきた。二森藩の兵が優れて……」

鮫岸を黙らせた茂木が、本陣の背後にある雑木林を睨んだ。

鮫岸が林に目を向けて言う。

「なんだ」

「物音がした」

「何、敵か」

「油断するな」

茂木がそう言った時、見ている場所とは違う木陰から人が出てきた。いち早く気付いた茂木が顔を向けると、隻眼の侍だった。茂木は名を知らぬが、出てきたのは相模だ。

「何者だ」

問う茂木に、相模が無言で抜刀して迫る。

茂木は目を見張り、刀を抜こうとしたが、抗う間もなく相模の長刀で峰打ちされ、昏倒した。

鮫岸は逃げ、本陣に走り込んだ。

「敵だ！　ここは危ない！」

叫んだ時、春永のそばにいた堂島が太刀を抜いて出るのかと思いきや、鮫岸を蹴り倒して胸を踏みつけ、切っ先を首に向けた。

「何をする」

驚く鮫岸の腰から刀を奪って投げ捨てた堂島が、ほくそ笑む。

「どういうことだ。貴様ら二森藩は、公儀に弓引くのか」

「黙れ」

首に切っ先を当てられ、薄皮が切れた。

息を呑む鮫岸の目の端に、二人の兵に両腕を持たれて引きずられてきた茂木が見えた。

茂木を倒した隻眼の男が悠然と春永のそばに歩み寄り、

「上々だ」

と言う。

春永が笑っている。

足をどけた堂島を見た鮫岸は、立てと命じられて、従った。

左右の兵が槍の穂先を向ける中、鮫岸は床几《しょうぎ》に座らされ、巻紙と筆を渡された。

堂島が言う。

「命が惜しければ、公儀に対し、討伐が無事終わった証を立てよ」

鮫岸は堂島を睨んだ。

「拙者は公儀目付だ。見くびるな」

がんとして拒否すると、堂島は、仰向けにされている茂木の喉に太刀の切っ先を突きつけた。

「書かねばこ奴の首が飛ぶぞ」

「おのれ！」

立とうとした鮫岸は、兵に槍の石突きで背中を突かれ、地面に倒れて悶絶した。

春永の横にいた相模が立ち、鮫岸の前に来た。

「この者の頭を押さえよ」

兵に押さえられた鮫岸の眼前に、長刀の切っ先が向けられる。

「書かぬなら、貴様の目を潰してくれる」

恐怖のあまり目を見開く鮫岸。

その右目に切っ先を近づけられ、悲鳴をあげた。

「分かった。書く、書くからやめてくれ！」

「ふん。初めから従っておればよいのだ」

相模は離れ、戻って床几に腰かけた。

兵に抱えられて座らされた鮫岸は、改めて巻紙と筆を渡され、堂島が口頭で言うとおりに書き込み、本人の証となる署名をした。

堂島が相模に渡し、目を通した相模が、

「これで、岩城山の領地はしばらくのあいだ春永殿のものとなろう。予定どおりに頼むぞ」

「お任せを」

ほくそ笑んだ春永が立ち、小姓が持つ太刀を抜いて鮫岸に歩み寄る。

「こざかしい目付め」

憎々しげに言い放ち、太刀を振り上げて斬り殺そうとするが、相模が止めた。

春永は不服そうな顔を向ける。

「相模殿、何ゆえ止める」

「まだ使い道はある。この二人は荷運びが終わるまで生かし、公儀の目を誤魔化すためにやりとりをしてもらう」

「なるほど、それはよい考えじゃ」

太刀を下ろす春永を見上げた鮫岸が、動揺して訊く。

「将軍家に弓を引くのか。何ゆえ裏切るのだ」

春永は睨んだ。

「ふん、目付役の貴様に、外様大名の苦しみを話したところで分かるまいが教えてやる。余は、外様というだけで無理難題を押しつけて財を削《そ》ぎ、僅かな落ち度を見逃さず断罪して御家を潰す公儀のやり方に嫌気がさしたのだ。将軍家に恨みはないが、御威光を笠に着て外様から財を搾り取る幕閣どものやりかたは、どうにも腹に据えかねる。よって、日ノ本国のあるべき姿に戻すことに、余の希望を託すことにしたのだ」

「公家にすり寄る井田家に、与するのか」

鮫岸は鎌をかけたが、春永は乗ってこない。無言で背を向ける春永に追いすがって問おうとしたが、堂島に腹を蹴られた。

呻く鮫岸に黙れと言った堂島が、ふと気配を感じて、横手の陣幕に顔を向けた。隙間から中を見ている者がいる。

太刀を振るって陣幕を切り裂くと、逃げる雑兵《ぞうひょう》がいた。

「待て！」

堂島が追って出ると、雑兵は丘から駆け下りていた。

「その者を捕らえよ！」

堂島の声に応じた組頭が刀を抜いて立ちはだかったが、雑兵はその者を斬り、兵も斬って逃げる。

「どけ」

堂島を押して前に出た相模が弓を引き、狙いを定めて射た。

風を切って飛ぶ矢が背中に突き刺さった雑兵は、丘から転げ落ちた。

弓を持って陣に戻った相模が鮫岸を見て、

「残念だったな。仕留めたぞ」

片笑みながら言い、歩み寄った。

なんのことか分からぬ鮫岸は、相模を睨む。

「拙者の手の者ではない」

「ほぉう」

相模は痛めつけて吐かそうとしたが、意識を取り戻した茂木が悔しそうな顔をしているのを見て、そちらに向かう。

「雑兵に紛れていたのは、お前の家来か」

「そうだ」

睨んで言う茂木を、相模は殴った。そして、春永に言う。

「他に逃げた者がいないか兵を調べろ。今すぐにだ！」

応じた春永が、重臣たちを走らせた。

さらに相模は、制圧した知らせを公儀に知らせる使者を出せと命じる。

「信頼できる家来を行かせろ。よいな」

春永は従い、堂島を促す。

堂島は、そばにいた小姓に書状を託した。

「馬で行け。間違えても水戸の領地を通るでないぞ」

頭を下げた小姓は、陣から出ると馬に乗り、江戸に向かった。

程なく重臣たちが戻り、本陣から逃げた者はいないと報告し、怪しい者もいないと付け加えた。

落ち着きを取り戻した相模は、春永にうなずく。

春永は安堵し、

「これより城に入る。城下の者に油断するな」

皆にそう告げ、陣から出た。

縄を打たれた茂木は鮫岸と歩かされ、軍勢と共に岩城山城に入った。

先に入っていた兵が、三十数人の籠城兵を囲んで立っている。

相模は、茂木が見ている前でそちらに向かい、縄を打たれて地べたに座らされている籠城兵たちに言う。

「ご苦労だった。すべてうまくいった。国に戻ってあるじにそう伝えろ」

すると、籠城兵たちは立ち上がり、縛られていたはずの縄を外して頭を下げ、走り去っていく。

相模がその者たちに軽蔑の目を向け、

「薄汚い忍びでも、役に立つものよ」

と言い、待っていた春永に言う。

「ただちに領内を封鎖し、旅人を城に近付けるな。領内の村の者たちには、見知らぬ顔の者を見つけて知らせれば褒美を出すと周知させ、守りを固めよ」

「承知した。この者どもは、どうしておくつもりだ」

茂木と鮫岸のことを訊かれて、相模が言う。

「城内に牢《ろう》があるはずだが……」

すると春永が、先に入っていた鎧姿の重臣を呼び寄せた。

「城内を調べたか」

「はい。我ら以外は誰もおりませぬ」

「うむ。して、牢はあったか」

「北ノ丸にございます」

「よし。この二人を牢に入れろ」

「はは」

頭を下げた重臣は、広場に向かって大声をあげた。

「おい！　手空《てす》きの者は集まれ！」

　すると、雑兵が駆け寄った。

「この者どもは我が殿に弓引く敵だ。これより牢に入れる。決して逃げられてはならぬゆえ油断するな」

「はは」

　声を揃えた雑兵たちが、茂木と鮫岸を囲んだ。

　いかに雑兵といえども十数人が相手では、逃げることはできない。

　茂木と鮫岸は城内を歩かされ、北ノ丸の門に軒を連ねる牢舎に連れて行かれた。

　鮫岸と離れ、冷たい土塀に囲まれた牢屋に入れられた茂木は、格子戸を閉めて去る兵の一人を見る。

　一瞬だけ目を合わせてうつむいた兵は、見張りの兵と別れ、外へ出ていった。

　茂木が牢の中で正座し、まんじりともせず家来の脱出を願いながら夜中を迎えた時、先ほどの雑兵は、他の者と共に城外の屯所で眠っていた。

　寄せ集めの雑兵たちは、同じ村ではない者が多く、銭のためにここに来ている者たちばかりだ。すでに、一人二人抜け出すのを見ていた雑兵は、皆を起こさぬように外に出ると、夜道を走り去った。

五

どれほど眠ったのだろう。

横になっていた茂木は、耳慣れぬ音で目がさめ、板張りの床を見つめた。

今また、格子の外からした音は、男の叫び声だ。痛みに耐えかねる絶叫が鮫岸のものと分かり、茂木は格子にしがみつく。

「おい！　誰か！　誰かおらぬか！」

程なく雑兵が来た。

その者はまだ幼いように見え、怯えた様子だ。

「この声はなんだ。何をしている」

戸惑い答えぬ雑兵は、顔を横に向けて目を見張った。隻眼の男が来ると、雑兵は頭を下げて、見張りに戻った。

また、絶叫が聞こえた。

茂木は、相模と呼ばれていた隻眼の男を睨む。

「貴様は、下御門の配下だな。いったい何をしている」

するとと相模は、人を見くだす笑みを浮かべる。

「お前の連れはなかなか骨があるな。こちらの問いに答えぬ。どうだ、お前が代わりに答えるなら、拷問をやめてやってもよいぞ」

「何を知りたいのだ」

「お前は先ほど、おれが下御門の配下だと決めつけた物言いをしたが、公儀は我らのことを、どこまでつかんでいる」

「答えるはずもなかろう。さっさと殺せ」

「ふん。死にたければ帯を解いて首をくくったらどうだ。死ぬ勇気もないくせに、口だけは勇ましいな」

「何を……」

「強がるなよ。おれもお前の立場となれば、自ら命を絶つなど、馬鹿な真似はせぬ。悪いことは言わぬから、訊いたことに答えろ。そうすれば、もっと楽に過ごさせてやるぞ。お前は見るからに、育ちが良さそうだ。まあ、目付役をするくらいだから当然か。牢に入ったことなどないのだろう。やせ我慢をするなよ」

　親しみをにじませる態度の相模だが、茂木は信用しない。

「何をたくらんでこのようなことをしたのか知らぬが、徳川将軍家に弓引いて勝てると本気で思っているなら、貴様らは愚か者だ」

相模はめんどうくさそうな態度で頭をかき、鼻で笑った。

「さすがは徳川の旗本。殿様の力は絶大と信じ切っている。だが、この日ノ本の民が崇めるのは徳川ではない、帝だ。うわべでは従っている者も、腹の底ではそう思うている者は少なくないぞ」

「帝は、お前たちがしようとしていることをお望みではないはずだ」

「さて、それはどうか分からぬぞ」

「黙れ。お前たちが勝手にそう思い込み、己の欲望のために帝を利用しているだけではないか」

「無駄なことはよせ。熱弁したところで、腹が減るだけだ。ここで貴様が論破したところで、我らの勢いを止められはせぬ」

そう言って笑う相模のところに、侍が来た。

耳元で何かを伝えられた相模は、うなずいて下がらせ、茂木を見てくつくつ笑った。

「目付役も、口ほどの者ではないようだ」

意味深に言い捨てて去る相模に、茂木はなんのことか訊いたが、答えは返らなかった。

　いつの間にか、鮫岸の悲鳴はやんでいる。

　茂木が耳を澄ませていると、牢舎に入る足音がして、二つ離れた牢に入れられる様子が伝わってきた。

　鮫岸の呻き声がして、兵たちが出ていくと、静寂に包まれた。

「おい、鮫岸」

　恐る恐る声をかけたが、返事はない。

「鮫岸、生きているなら返事をしてくれ」

　声音をあげてもう一度言うと、すすり泣く声が聞こえてくるのみで、それから何度訊いても、鮫岸の言葉は返ってこなかった。


　牢舎から本丸御殿に戻った相模は、書院の間に向かった。

　春永と向き合う肥前に気付き、表情を和らげた。

「おぉ、おぬし来ていたのか」

　肥前は顔を向け、春永の横手に向かう相模を目で追い、口を開く。

「目付役は、何か吐露したのか」

「おう。たった今、銭才様に使いを走らせた。ここへはなんの用で来たのだ」

「おぬしを手伝えとの命に従ってまいった」

「それはありがたい」

「城下を見たが、雑兵が何人か逃げ出しているようだな。何ゆえ放っておく」

「寄せ集めの百姓が一人や二人抜けたところで、どうってことはない」

「公儀の隠密《おんみつ》が紛れていたら、いかがする」

「案ずるな」

相模は、廊下に控えている兵に顔を向けた。

「例の者を引き出せ」

「はは」

応じた兵が下がり、程なく、縄を打たれた雑兵が庭に連れてこられ、膝の後ろを蹴ってひざまずかされた。

雑兵をじろりと見る肥前に、相模が言う。

「この者は、昨夜屯所を抜け出して江戸に向かおうとしていた。おそらく、今捕らえている目付役の家来だ」

「何ゆえ生かしている」

「いざという時に、使い道があろう」

猿ぐつわを噛ませている雑兵が、相模に訴える目を向けている。

気付いた肥前が兵に命じて猿ぐつわを外させると、雑兵は必死に訴えた。

「誤解です。おいらは村に帰ろうとしていただけです。仲間に近道があると言われてあの道を通っていただけです」

すると、兵が怒鳴った。

「黙れ。貴様は一人だったではないか」

「信じてください。ほんとうなんです。気付いたらそいつ、いつの間にかいなくなっていたんです」

必死に訴える雑兵の前に飛び降りた肥前が、抜く手も見せず斬殺した。

相模が驚き、鼻で笑う。

「何も殺さなくてよいものを」

「怪しきは排除するのみ。捕らえている目付もそうだ。何ゆえ殺さぬ」

「まだ使い道はある。公儀を安心させるために、春永殿がこの地をよう治めていると、目付役の名で書状を送れば、我らの仕事もやりやすかろう」

三倉内匠助の太刀を鞘に納めた肥前は、

「例の場所へ、先に行って待っている」

そう言うと、庭から去った。

春永が言う。

「恐ろしいお方だ」

相模は、青ざめた顔をしている春永を見て、片笑む。

「桜田《さくらだ》の大名小路で豊田備中守盛正を斬ったのは奴だ」

「な、なんと」

「お前を見張らせるために、銭才様が送られたのかもしれぬ」

「馬鹿な。わしはお味方をすると誓ったのですぞ」

「奴に斬られとうなければ、仕事を無事に終えることだ。雑兵が逃げるのを見逃したおれも、命が危ういところであった」

相模が焦りをにじませているのを見た春永は、控えている兵に言う。

「城下の警固《けいご》と、逃げる兵をことごとく捕らえるよう堂島に伝えよ。急げ」

応じて去る兵を目で追った春永は、

「もう一度、これからすることを確かめたい」

絵図面を広げて、相模を誘った。

城下を見つつ、海辺の村へ続く道へ向かった肥前は、途中の小さな集落に入った際に女の悲鳴を聞き、そちらに足を向けた。

小さな家の外には五人の兵がいて、戸口から中を見て、楽しげな様子だ。

女の悲鳴は、家の中からしている。

恐怖と絶望が交じった呻き声に変わった時、肥前は突如として、目の前の景色がゆがんで見えた。

眉間をつかみ、耐えようとしたが、女の悲鳴が遠くなり、目の前が真っ暗になった。続いて脳裏に浮かんだのは、おぞましい光景だ。忘れたくとも忘れられず、今でも苦しみ続けていることを思い出してしまった肥前は、木陰に駆け込み、胃の中のものを吐き出した。

女をなぶりものにして楽しむ男どもの笑い声が、胸を締め付ける。

充血した目を見開いた肥前は、立ち上がり、恨みに満ちた顔を男どもに向けて歩む。

夢中な男どもは、肥前に気付かない。

女の悲鳴は、すでにとまっていた。

庭で男どもの断末魔があがり、すぐに消える。

外の異変に気付いて縁側に出てきた侍は、無様に着物を乱している。

憎悪に満ちた顔で、血に染まった刀を下げている肥前の足下には、侍の配下たちが倒れている。

無残な姿に、侍は腰を抜かして家の中に這い戻ろうとしたが、飛び上がってきた肥前に背中を踏まれ、蛙《かえる》が潰されたような声を吐いた。

「下郎めが」

肥前は吐き捨て、侍の後ろ首を突き刺して命を奪うと、家の中の惨状を見た。

両親はすでにこと切れており、衣類を剝ぎ取られている娘は、仰向けのまま放心している。肥前は娘の着物をつかみ、身体を隠した。

かける言葉もなく外に出ようとした時、家の者らしき若者が戻ってきた。若者は、庭に倒れている兵たちを見て縁側に走り、中を見て、あっ、と息を吞んだ。

庭に飛び降りた肥前は、その者に問う。

「あれにおるは妹か」

若者は、何度も首を縦に振った。

肥前は懐から財布を出し、己の脇差しを腰から外した。

「すぐ村を出ろ。命ある限り、妹を守ってやれ」

財布と脇差しを胸に押しつけて突き放した肥前は、足早に去った。

六

信平は、善衛門と佐吉を自室に呼び、岩城山城のことと茂木を案じていた。

「何も、知らせは入っていないか」

訊く信平に、善衛門は渋い顔で首を横に振る。

「甥には、何か分かれば知らせるよう言うておりますが、誰もよこしませぬ」

すると、佐吉が言う。

「岩城山城は要害堅固とは聞いたことがございませぬから、すぐに落ちるでしょう。それよりも殿、庭のつつじが満開になりました。奥方様を茶に誘われてはいかがですか」

呑気な大男に、信平は幾分か気持ちが和む気がした。

「では、そういたそうか」

佐吉が支度をすると言って部屋から出ようとした時、鈴蔵が来た。

「殿、陸奥山元藩用人の島岡殿がお目通りを願われております」

「客間にお通しいたせ」

応じた鈴蔵が下がるのを見送った善衛門が、心配そうな顔をした。

「何ごとでしょうな」

「御家を救われたお礼ではないですか」

そう言う佐吉にうなずいた信平は、善衛門に問う。

「確か山元藩は、岩城山藩の隣国だったな」

「おお、そうでした」

「何か分かるかもしれぬ」

二人を伴って客間に行くと、島岡が平身低頭した。

顔を上げさせた信平は、微笑む。

「ようまいられた。忠興殿は息災か」

「はい。本日は、お礼とご報告に上がりました。鷹司様にお救いいただいたおかげをもちまして、このたび上様のお許しを賜り、殿が国入りすることとなりました」

「それは祝着。忠興殿も、安堵なされたであろう」

「領地を見ることと、民に会うことを楽しみにしておられます」

「いつ、江戸を発たれる」

「明後日にございます」

「待たれよ」

口を挟む善衛門に、島岡は不思議そうな顔を向けた。

善衛門が信平に軽く頭を下げ、島岡に言う。

「領地へは、海辺の道を使われるのか」

島岡は、善衛門が言いたいことを察したような顔をした。

「岩城山城の反乱のことですか」

「さよう。お国許へ入るには、岩城山の領内を通らねばならぬはず。それとも、奥州街道を使い、険しい山越えをされるのか」

島岡は明るい顔で言う。

「実は、国入りを許すかわりに、岩城山城反乱の討伐が手間どるようであれば援軍として参じるよう命じられ、いくさ支度をしておりました。ですがつい先ほど城から使者がまいり、討伐隊の二森藩が見事にお役目を果たされたとのことですので、いくさ支度は無用とあいなり、肩の荷が下りたのでございます」

「それは確かなことか」

訊く信平に、島岡は顔を向けてうなずいた。

「二森藩の軍勢に同道されていた目付役から、無事討伐を終えたとの知らせが届いたそうです」

それを聞いて信平は、茂木も無事だと思い安堵した。

「出立は、変わらず明後日なのか」

「はい。まことに、ありがとうございました」

島岡は、横に置いていた包みを解き、桐《きり》の箱を差し出した。

「あるじより、こころばかりの品ではありますが、どうぞお納めください」

重そうな箱の様子に、信平は困り顔で島岡を見た。

「お気づかい痛み入る。だが、気持ちだけいただこう」

「これは、ご無礼をいたしました」

無理押しせず引き下げた島岡は、神妙な態度で平身低頭した。

信平は微笑む。

「討伐が終わったとはいえ、残党が潜んでおるやもしれぬ。くれぐれも、道中気を付けられよ」

「ははぁ。では、一年後に江戸へ戻りました時は、特産の品を手土産に、改めてお礼に上がらせていただきます」

島岡はそう言うと、桐の箱を抱えて下がり、廊下で頭を下げた。

鈴蔵の見送りを受けて門から出た島岡は、ここでも頭を下げ、市ヶ谷に帰るべく歩みを進めた。

門番の八平《やへい》と並んで見送っていた鈴蔵は、

「入ろうか」

そう言って、先に脇門を潜った。

八平が続き、閉めようとした時、突如門扉をつかまれ、男が転がり込んだ。

「うわぁ」

悲鳴に鈴蔵が振り向くと、八平は男に抱きつかれ、共に倒れていた。

「おい！　何をしている！」

鈴蔵が駆け寄ると、襦《はだぎ》と小袴《こばかま》のみの男が、必死の形相で四つん這いになった。

「それがし、公儀目付役、茂木大善の家来でございます。信平様に、お目通りを、お願い申し上げます」

息を上げて、言葉も絶え絶えに頼む男は、一又庄介《いちまたしようすけ》と名乗った。

茂木と聞き、鈴蔵が問う。

「岩城山から来たのか」

「はい。急ぎお知らせせねばならぬことが、ございます」

大きな息をする一又を八平に見張らせ、鈴蔵は信平を呼びに走った。

「何、茂木殿の」

信平は聞くなり、善衛門たちと表に出た。

八平に水をもらって飲んでいた一又は、狩衣を着けた信平を見るなり平身低頭し、顔を上げて言う。

「申し上げます。岩城山の籠城は、二森藩平林家のはかりごとでございました。我があるじ茂木大善と鮫岸殿は囚《とら》われの身となり、岩城山城とその領地は、平林の軍勢三千によって閉鎖されました」

善衛門が驚いた。

「馬鹿な。たった今、討伐が無事終わったと聞いたばかりだぞ」

「偽りでございます。おそらく、あるじか鮫岸殿が脅され、嘘の報告をさせられたものかと」

信平が訊く。

「そなたは先ほど、領地が閉鎖されたと申したが、どうやって抜けてきたのだ」

「それがしは、あるじの命で雑兵にまじり、密かに探っておりました。駆り出された百姓たちが多い雑兵の中には、夜中に抜け出す輩がおりましたもので、その者どもをそそのかして関所を突破しました」

血と泥に汚れた腕や足を見る限り、嘘ではなさそうだ。

そして信平は、茂木が来た時に言った言葉を思い出していた。

(万が一、我らに何かあれば信平殿、その時は、くれぐれもお頼み申します)

信平は問う。

「茂木殿は、何ゆえそなたを雑兵に紛れ込ませた。初めから、平林家を疑《うたご》うておられたのか」

「いえ。籠城する者が下御門の手勢と疑われ、激しい抵抗によりあるじと鮫岸殿が命を落とすようなことがあれば、ただちに江戸へ戻るよう命じられていたのです。まさか平林が裏切るとは、思うてもおりませんでした」

「公儀は、なんとされる」

信平の言葉に、一又は首を横に振る。

「まだ伝えておりませぬ」

善衛門が驚いた。

「このような一大事、何ゆえ公儀に知らせぬのか」

一又が善衛門を見て言う。

「民百姓に領内に入る者を見張らせ、岩城山城は門を閉めています。公儀が軍勢を向ければ、あるじが殺されてしまいます」

あるじを思う一又は、公儀ではなく、信平に助けを求めたのだ。

善衛門が口をむにむにとやる。

「馬鹿者！　三千もの軍勢を相手に、殿にどうしろと申すのだ！」

「囚われている牢舎も、城の手薄な場所も分かっております。どうか、お力をお貸しください」

信平は返答をする前に、気になったことを訊いた。

「平林の軍勢の中に、肥前や駿河といった、国名で呼ばれている者がいたか」

すると一又は、はっとした顔をした。

「おりました。平林左京太夫と共にいた隻眼の大男が、相模と呼ばれたのを耳にしました」

銭才の関与を疑わぬ信平は、

「中に入られよ」

詳しく聞くために、一又をとめ置くことにした。

だが、油断をしない善衛門は一又を御殿に上げず、身元を確かめたいと言った。

「悪く思うな。我らも銭才を警戒しているのだ」

「ごもっともにございます」

「では、門脇の長屋で待たれよ」

八平に指図をした善衛門は、佐吉と二人で見守り、鈴蔵を茂木家に走らせた。

信平は、お初に食べ物を頼み、長屋にとどめている一又から詳しく話を聞いた。

籠城していた者が戦うことなく大手門を開いたことと、平林の軍勢が本気で攻めていなかったことなどを知った信平は、銭才が岩城山城とその領地を奪うために先の藩主を襲わせ、すでに取り込みに成功していた二森藩が討伐を命じられるように、籠城を仕組んだものと考えた。

「陰謀をくわだてた銭才の狙いが何か、そなたは分かるか」

信平の問いに、一又は首を横に振る。

「そこまでは、知り得ませんでした」

お初が食事を持ってきた。

信平は休むように言って長屋から出ると、鈴蔵の帰りを待った。

鈴蔵が茂木家の者を連れて戻ったのは、昼を過ぎてからだ。

年老いた茂木の家来は、一又を見るなり間違いないと教え、捕らえられている茂木もそうだが、もう一人の家来の身を案じた。

一又はその者が、相模の放った矢で命を落としたことを知らず、よって、信平の知ることとはならなかった。

ともあれ、一又がまごうことなく茂木の家来だと判明したことで、信平は、茂木が生きていることを願い、助け出すにはどうすればよいか考えた。

すぐにでも岩城山城へ行きたいところだが、

「殿、勝手は許されませぬぞ」

心中を察した善衛門に釘《くぎ》を刺され、信平は知恵を求めた。

善衛門は信平を長屋の外へ誘い、一又に聞こえぬよう離れて言う。

「三千の兵が相手では、我らのみではどうすることもできませせぬ。急を要しますし、ここは、御大老に報告するべきかと」

「しかし、御大老が大軍を向けられれば、茂木殿の命がない」

「確かに茂木殿のお命は大事ですが、勝手は許されませぬ。それがしが御大老にお伝えします」

行こうとする善衛門を信平は止めた。

「あい分かった。麿がまいる」

「では、お供を」

応じた信平は、佐吉に一又を任せて屋敷を出た。

急ぎ大手門前の酒井屋敷を訪ねると、一旦通された部屋で待たされた。

応対をした用人によれば、酒井大老は今、老中首座の稲葉美濃守の訪問を受けているという。

用人には、岩城山城のことで急ぎお耳に入れたいことがあると告げているが、

「遅い、遅い」

善衛門は四半刻（約三十分）もしないうちに、早くも苛立ちはじめた。

用人がふたたび来たのは、程なくのことだ。

「こちらに」

案内に従い歩いて行くと、江戸城の櫓《やぐら》を望める廊下の先にある広間に通された。上座に酒井、その下手には、白地に墨で山水を描かれた襖を背にして、稲葉が座している。

両名が城に詰めていなかったことは、それでなくても、保科正之を喪《うしな》い肩を落としている将軍家綱の耳に入れずにすむため、信平にとっては救いだった。

頭を下げる信平に、稲葉が厳しい顔で問う。

「信平殿、火急の知らせとはなんだ」

頭を上げた信平は、稲葉を見、続いて酒井に目を向けた。

「御公儀が岩城山城制圧のお目付役として遣わされた、茂木大善殿の家来が屋敷に駆け込み、茂木殿と鮫岸殿が二森藩に捕らえられ、城内の牢に囚われたとの知らせを受けました」

「何！」

驚く酒井の横で、稲葉が笑う。

「何かの間違いであろう。ここに、平定を知らせる鮫岸直筆の書状がある」

「それは、脅されて書かされたものかと」

すると、稲葉の顔に怒気が浮かんだ。

「知らせた一又と申す者、確かに茂木の家来か」

「はい」

「信じられぬ。岩城山城に籠城せし者どもは、主家を潰されたことを不服に思う者ども。平林殿が、何ゆえその者らに味方するのだ。あり得ぬ」

まったく信じようとしない稲葉に、信平は冷静に言う。

「これは、岩城山藩の領地を奪わんとする銭才の陰謀でございます。その銭才こそが、下御門実光ではないかと」

「何……」

下御門と聞いて絶句する稲葉を横目に、信平は酒井に言う。

「平林殿のそばには、銭才の配下と思われる隻眼の大男が付いているとのこと」

酒井が目を見張った。

「今、隻眼と申したか」

「はい」

酒井は稲葉と目を合わせ、信平を見た。

「その者こそ、先の岩城山藩主を斬殺した男だ。おのれ左京太夫め、下御門と通じておったか」

酒井の顔には、怒りと焦りがにじんでいる。だが、すぐに冷静さを取り戻し、信平に言う。

「信平殿、そなたが申すことゆえ疑いとうはないが、知らせた一又と申す者は、京の魑魅に取り込まれておるやもしれぬぞ」

　これには、黙っていた善衛門が口を出した。

「おそれながら御大老、一又殿は殿に、茂木殿を助けてほしいと頼んできたのです」

　酒井がじろりと見て、探るように目を細めた。

「何ゆえ公儀ではなく、信平殿を頼る」

「公儀の兵を向けられることで、茂木殿が殺されるのを恐れております」

　隠さず言う善衛門に、酒井は厳しい顔をする。

「左京太夫の裏切りがまことであれば、このままにはしておけぬ。ただちに会津藩に出兵を命じ……」

　そう言ったところで、酒井自身が頼りにしていた保科中将正之の死を思い出したのだろう。ひとつため息をつき、

「今の会津藩では、すぐに動いてくれぬかもしれぬ」

　と嘆き、稲葉に顔を向けた。

「ただちに旗本と御家人を集めよ。江戸在府の譜代大名にも声をかけ、軍勢を送る」

　だが、稲葉は異を唱えた。

「そうなれば、江戸が留守になります。これが下御門のまことの狙いであれば、あの

者に取り込まれている大名が攻め入りますぞ」

「うぅむ」

苛立ちを隠さぬ酒井が、正座している足を拳で打った。

そんな酒井に、稲葉が言う。

「我らは江戸の守りを固め、岩城山城へは、水戸様に兵をお出しいただくよう、お頼み申してはいかがかと」

酒井は驚いた。

「水戸様だと」

「はい。光国《みつくに》様ならば、必ずやお力添えくださるはず。謀反人を完膚なきまでにたたき潰していただき、下御門と、怪しき井田家にも、徳川の揺るぎなき力を見せつけるのです」

「光国公は、慎重なお方だ。目付役が直に伝えたことならともかく、陪臣の小者が言うことを鵜呑《うの》みにして動いてくださるとは思えぬ」

稲葉は、酒井の言うことも一理あると思うらしく、押し黙ってしまった。

信平が両手をつく。

「ならば、わたしをお遣わしください。茂木殿と鮫岸殿を助け出してみせまする」

酒井と稲葉が驚き、両名よりも先に声をあげたのは善衛門だ。

「とんでもないことをおっしゃってはなりませぬぞ。三千の兵が守る城へ、どうやって助けに入るというのですか」

「一又殿が申すには、手薄な場所がある。そこから忍び込む」

「なりませぬ。先ほど御大老がおっしゃったように、一又が銭才に取り込まれておるかもしれぬのです」

「善衛門、麿は一又殿を信じたゆえ、御大老に知らせにまいったのだ」

善衛門を黙らせる信平に、酒井が言う。

「気持ちはよう分かるが、そなたが信じる一又が申すことがまことならば、領地にさえ入れぬかもしれぬぞ。どうやって行くつもりじゃ」

「人目を避け、道なき道を進みまする」

「無謀なことを……」

言ったのは稲葉だ。

信平が見ると、稲葉は呆れたような笑みを浮かべ、酒井に言う。

「ですが、信平殿に賭けてみるのもよいかもしれませぬ。折よく陸奥山元藩主が国許へ戻ります。大名行列は岩城山の領内を通りますので、信平殿が同道してはいかがでしょう」

酒井はうなずいた。

「それは妙案じゃ。よし、山元藩に奉書を出そう。水戸様にも、わしからお頼み申し上げる。信平殿、それでよいか」

藩主忠興の道中を案じていた信平は、警固ができると思い快諾した。

酒井から奉書を預かり、その足で市ヶ谷に向かう信平。

同行する善衛門は、町中を歩きながら、考えなおすべきだと訴えたが、信平の気持ちが揺らがぬと分かると、ため息ばかりをつきはじめた。

しまいには前を塞ぎ、

「奥方様に、なんとお伝えするのです」

目に涙を浮かべて訴えた。

信平は微笑む。

「松姫には、水戸様に領地へ招かれたと伝えるつもりじゃ」

口をつぐむ善衛門を従えて市ヶ谷へ向かった信平は、忠興と会い、奉書を渡した。

話を聞いた忠興と島岡は、信平の同道を喜んだ。そして、忠興が両手をつく。

「このように早くご恩返しができるとは、祝着至極に存じます。この忠興、必ずや、お役に立ってみせまする」

やはり、優れた主君の器。

口には出さぬが、信平はそう思い、忠興に微笑んで言う。

「よしなに、お頼み申します」

第四話　決死の脱出

一

突風が吹き、海には白波が立っている。

陸奥藩井田家七十万石の城下と岩城山城のあいだにある領地を目指す山元藩の大名行列は、昨日水戸城下を出て高萩《たかはぎ》の宿場で泊まり、早朝に出立していた。

露払いを先頭に、先槍《さきやり》、徒組、槍組、弓組、家老、近習、藩主、鉄砲組、殿《しんがり》と続く行列の中で、鈴蔵しか連れていない信平は、大名駕籠のそばに付き、藩主を守る馬廻り衆になりすましている。

一文字笠と麻の羽織に、袴の股立《ももだ》ち姿で、黒鞘の無銘の大刀を帯びた姿は、

「似合いませぬ」

と、赤坂の屋敷で支度をした時に善衛門が言うほど、悪くはない。

信平が付き添う大名駕籠に乗る若き藩主忠興は、人がいない場所では簾《すだれ》を開けている。やや緊張した面持ちをしているが、随行する信平と目が合えば必ず嬉しそうに微笑むところは、いかにも気が優しい若君だ。

昨夜なども、高萩を領地とする水戸徳川家家老の中山備前守信治《なかやまびぜんのかみのぶはる》を訪ね、

「なにとぞ、鷹司松平様にお力添えをお頼み申します」

と、出兵を願ったらしい。

信平はこのことを知らず、今朝出立する前に訪ねてきた中山から教えてもらい、驚いたものだ。

その時中山は、

「忠興殿は、若いのに立派な心構えをお持ちでござる」

と絶賛し、さらに、

「海辺の街道にある、国境の丘でお待ちしております」

と、頼もしい言葉をかけてくれた。

藩を救われた恩を必死に返そうとする忠興の気持ちに応えるためにも、役目を果たさねばならぬ。

信平はそう思いながら歩き、微笑んでくる忠興に笑みを返した。

先行していた物見が戻り、忠興の駕籠の前を進んでいる馬上の島岡に、岩城山との国境が近いことを告げ、加えて、平林家の兵が守っていることを教えた。

信平のことを知る馬廻り衆に緊張が走る。

小姓が忠興の駕籠の簾を下げ、行列は粛々と進む。

やがて、国境の丘をのぼると、台地となっている国境を守る兵たちが見えてきた。

鎧を着けた侍が一人と、陣笠に腹当《はらあて》姿の雑兵が十人ほどいる。

大名行列が近づくと、その者たちは道を空け、止めて調べるでもなく、頭を下げて通した。

厳しいお調べがあることを想定していただけに、丘をくだって道ばたに立つ一本松まで離れた時、信平の周囲には、安堵と、拍子抜けの空気が入りまじった。

行列はさらに、海沿いの道を進む。

途中にある農家の家々に人の姿はなく、中には焼け落ちている家もあった。

平林家の裏切りを知らぬ山元藩士たちは、岩城山城だけでなく、村でも戦いがあったと思ったらしく、不安そうな目を向けている。

信平は、口封じのために平林の兵に襲われたのではないかと案じながら、無人となっている集落を見ていた。

「止まれ！」

突然前方の森から現れた兵が道を塞ぎ、行列が騒然となって止まる。

槍や弓を持った兵を率いた鎧武者が、前に出た島岡に何か言っている。

程なく話を終えて戻った島岡が、信平と忠興に言う。

「この先の城下町への立ち入りを拒まれました。海辺の道を通していただくよう交渉したのですが、それも許されず、やむなく山手側の道を迂回《うかい》します」

すると、忠興が簾を開けた。

「山手側の道は、岩城山城に近いのか」

「いささか、遠くなりまする」

忠興はしばし考え、しっかりとした意思を示す面持ちを島岡に向ける。

「一旦従い、途中で余が急なさしこみに襲われたことにして城下へ逗留《とうりゅう》を願ってはどうか」

島岡は、不安そうな顔をしたものの、

「そのようにいたします」

従って行列を進めようとする。

「待たれよ」

信平は止め、忠興と島岡に言う。

「城下に入れぬのは、かえって都合がよい。麿は身を隠せる場所で夜を待ち、城へまいる」

忠興が焦った。

「お手伝いをしとうございます」

「もう十分です。忠興殿、長く止《とど》まっては怪しまれます」

信平は微笑み、駕籠の簾を下ろして島岡に向き、進むよう促した。

平林家の兵が見守る中、行列は追分を左に曲がり、田んぼのあいだの道を山に向かう。

城下を遠く望める山道にさしかかったところで、島岡が馬上から振り向く。

このあたりでどうかという顔をする島岡に、信平はうなずいて答えた。

簾を開け、心配そうに見る忠興に、信平は言う。

「また、江戸でお会いしましょう。息子が京から戻りましたら、一度会《お》うてやってください」

昨夜信政のことを話していただけに、忠興は快諾した。

「約束ですよ、信平様」

「では」

駕籠から離れた信平は、山に分け入った。

行列は何ごともなかったように進み、殿の徒《かち》の背中が、曲がり道の茂みで見えなくなった。

後方で挟み箱を担いでいた鈴蔵も行列から離れており、程なく茂みから出てきた。

信平は鈴蔵と獣道を進み、岩城山城を望める麓まで下りると、杉林に潜んだ。

挟み箱を下ろした鈴蔵が出してくれた黒い狩衣に着替え、狐丸を受け取る。

先ほどまで信平が帯びていた大刀は、黒の忍び装束に着替えた鈴蔵が持ち、支度は万全。

「後は、夜を待つのみ」

そう言った信平は、鈴蔵が渡してくれたにぎり飯を食べ、前方に広がる岩城山の領地を眺めて、城までの道のりを探った。

二

どこかで梟《ふくろう》が鳴いている。

昼間の風は弱まったが、空では雲が流れ、月が見え隠れを繰り返している。

城下の町は静かだった。

信平と鈴蔵が潜んでいる無人の武家屋敷は、改易となって放逐された藩の重臣が暮らしていたのだろうが、雨戸は外れて落ち、家の中は荒らされていた。

平林の軍勢が来るまでに盗まれたのか、座敷にあるはずの畳は、一枚も残さず持ち去られている。

城を望める庭の植木に登り、様子をうかがっていた鈴蔵が下りてきた。

「行けるか」

信平の問いにうなずいた鈴蔵と共に、外に向かう。

堀端に立った信平は、あたりを確かめ、対岸の北ノ丸を見た。石垣の上には漆喰壁があり、左に二層の櫓、右に望める北ノ門の屋根のあたりは、門前で焚かれている篝《かがり》火《び》によって明るくなっている。

すべて、一又庄介が書いた城の見取り図どおりだ。

梟の声はいつの間にかやみ、堀からは蛙の鳴き声がしている。

信平は黒い覆面を被《かぶ》り、静かに堀へ入って泳いだ。石垣を登るのは、信平にとっては容易《たやす》いこと。登り切ったところで、石垣のあいだに鉄の棒を差し込んで足場を確保した鈴蔵は、鉤爪の縄を上に投げて瓦に引っかけ、腕の力のみで上がっていく。

塀の瓦屋根に上がって合図を送る鈴蔵に従い、信平も続いた。

身軽な信平は、黒い狩衣姿で難なく城壁を越えて侵入する。

空を見上げて雲の流れを読み、まばゆい月が出るのを待った。

程なく月光に照らされた北ノ丸は、漆喰壁の建物がいくつかある。どれも人が暮らす建物ではなく、開けられたままになっている中は黒い空間が広がるのみ。

ある程度の戦いは覚悟していたが、北ノ丸に兵の姿がなかった。

鈴蔵が小声で言う。

「本丸を守っているのかもしれませぬ」

信平は無言でうなずく。

一又が書いた絵図面を元に、牢舎へ急ぐ。すると、出入り口に二人の見張りが立っていた。

鈴蔵は建物の陰に信平を待たせ、月が雲に隠れるのを待って動いた。

足音と気配を消し、漆喰壁の下を進んでいく姿が闇に溶け込み、信平から見えなくなった。

雲が流れ、月が出てきた。

見張りを見ていると、一人が蚊に刺されたかのように首を手でたたき、もう一人も同じ仕草をした。

「もう蚊が出ていやがる」

一人が言い、何ごともなかったように見張りに戻って程なく、二人とも揺らぎはじめたかと思うと、槍を持ったまま倒れた。

信平が出ると、鈴蔵も現れた。

倒れている見張りは、鈴蔵が吹き飛ばした毒針で眠り、いびきをかいている。

一又の絵図面では、茂木たちはこの中に囚《とら》われているはず。

鈴蔵が、細い出入り口の戸を開け、先に入った。

信平も入ったが、中は真っ暗で何も見えない。

手探りで進むと、月光が入る小さな窓があった。

それだけでも、真っ暗な通路から出た信平と鈴蔵には十分な明かりだった。

牢が並ぶここは外よりひんやりしていて、鼻につく臭気が充満している。

人がいる証を頼りに、一つ一つ牢を見ていくと、窓から差し込む月明かりの中に、人の足が見えた。

その足が動いて暗がりに消えると同時に、

「誰だ」

中から聞き覚えのある声がした。

「茂木殿か」

信平が言うと、人影が立ち上がり、近づいてきた。紛れもない、茂木だ。

「信平殿、どうしてここに」

驚きのあまり目を見開き、答えを待つ茂木に、信平はうなずく。

「助けにまいった。詳しいことは後だ」

鈴蔵が細い棒で難なく鍵を開けると、出てきた茂木は頭を下げ、焦った様子で他の牢に向かう。そして、両手で格子をつかんだ。

「鮫岸、おい、生きているか」

茂木の小声に応じて、力のない返事が返る。

「な、なんとか」

「驚け。信平殿が助けにきてくださったぞ」

鈴蔵が鍵を開けると、茂木は中に入り、鮫岸に肩を貸して連れ出した。

鮫岸はひどく痛めつけられたらしく、顔が赤黒く腫れ上がり、弱っている。

「自分の足で歩けるか」

身を案じる信平に、鮫岸ははいと答え、一人で立ってみせたものの、緊張の糸が切れたようにむせび泣いた。

茂木が言う。

「泣くのはここを出てからにしろ」

「拙者は、もう帰れない。行ってくれ」

「何を言うか」

「いいのだ。ここで死ぬ」

拒む鮫岸に、茂木は何かを察したようだ。肩をつかみ、問いただそうとするのを、信平が止めた。

「今はここを去るのが肝要。まいろうぞ」

茂木は信平を見てうなずき、鮫岸の腕を引っ張った。

「信平殿が命を賭して来てくだされたのだ。話は後で聞くから来い」

鮫岸は辛そうな顔をしたが茂木に従い、信平に頭を下げた。

通路を戻ると、先に出て外を確かめていた鈴蔵が、小声で言う。

「あちらに見える瓦屋根が、北ノ門です」

門の外では絶えず篝火が焚かれ、兵たちが警固に付いているはず。

牢舎と軒続きの門の内側には、番人が詰める部屋がある。何人いるか分からないが、一又いわく、北ノ門がもっとも手薄。

「ゆくぞ」

信平は壁際を進み、門に近づいた。

門の内側を警固する兵の姿はない。

詰所を調べた鈴蔵が、中にいる、と、手の合図で知らせる。

毒針を見せる鈴蔵に信平がうなずくと、鈴蔵は戸を開けて忍び込み、中で眠っている兵たちの身体に毒針を刺した。

より深く眠らせておき、兵たちの帯を取って手足を縛り、布で猿ぐつわを噛ませる。そのあいだに信平は、身軽に屋根に上がり、門前を見た。

篝火に薪を入れていた番兵が、

「夜は肌寒いな」

と、もう一人の番兵に言い、槍を持って門扉の前に立った、その時、目の前に信平が飛び降りた。

突然のことに目を見張った番兵が槍を向けようとしたが、信平は狐丸を振るって峰打ちし、瞬く間に二人とも昏倒させた。

脇門を開けて出てきた鈴蔵に続き、茂木と鮫岸が出てきた。

茂木は詰所にあった雑兵の刀を腰に帯び、草鞋を着けている。

鮫岸は、刀と弓矢を持っていた。

鈴蔵は、気を失っている兵を門扉の前に座らせ、あたかも居眠りをしているように見せかけた。

北ノ門前の堀に架かる橋を渡り、軒を連ねる武家屋敷の前を走って逃げた。向かうのは、忠興と別れた山だ。海辺は通らず山道を使い、国境を目指すつもりでいる。

武家屋敷から商家に変わる三辻が見えてきた。商家の先に行けば、田畑が広がる一本道になる。

町から出れば、逃げおおせたも同じ。

だが信平は、ここまでが容易過ぎることを決して楽観せず、警戒をしていた。

足を引きずる鮫岸を茂木と助けて急いでいたが、商家が並ぶ通りを過ぎたところで、鮫岸が辛そうに呻いた。

膝が限界らしく、休みたいと訴える鮫岸を、茂木が鼓舞する。

「もう少しだ。山に行けば休ませてやる」

だが鮫岸は、気分が悪いと言い、道ばたに嘔吐した。

鈴蔵が駆け戻って言う。

「拷問で腹を打たれたせいかもしれませぬ」

「だとすると、無理は禁物。しばし休もう」

信平は隠れる場所がないかあたりを見回し、路地に連れ込んで座らせた。

板塀に背中を預けて座った鮫岸は、大きな息をして苦しそうだ。

「かたじけない。少し休めば、動けます」

そう言う鮫岸は、泣きはじめた。

そばに付いていた茂木が驚き、

「おい、どこが痛いのだ」

心配すると、鮫岸は首を横に振る。

「自分が、情けないのだ」

茂木は、察したような顔で訊く。

「おぬし変だぞ。いったい何を抱えている」

手の甲を口に当てて嗚咽《おえつ》を上げた鮫岸は、辛そうに語った。

それによると鮫岸は、牢舎で、公儀が今、謀反の疑いをかけて探っている大名は誰かを問われていた。

激しい拷問に耐えられなくなった鮫岸は、公儀が陸奥藩井田家と下御門の繋がりを疑い、井田家の本領に隠密を入れていることを吐露してしまっていた。

「拙者のせいで、井田家の領内に入っている者たちが命を落とすかもしれぬ。生きて江戸に帰ることは許されない」

「何を言うか」

「いいんだ。拙者の足はもう動かぬ。置いて行ってくれ。信平殿、茂木を頼みます」

信平は応じず、問うた。

「拷問をしたのは、相模か」

「はい」

「そなたの話を聞いて、なんと申していた」

「何も言わず、春永めと笑っておりました」

悔しさと罪悪感で冷静さを失っている様子を見た信平は、目を見て言う。

「鮫岸殿、今ここで申したことは、ご自分の口で御大老に伝えられよ。このようなところで果てぬとも、お上の沙汰に従えばよいではないか」

「信平殿のおっしゃるとおりだ。おぬしがなんと言おうと、拙者は連れて帰る。立て」

茂木は鮫岸に肩を貸して立たせ、信平に言う。

「頼みます」

応じた信平は、鮫岸を国境まで歩かせるのは難しいと判断した。

「馬を奪いに戻る。そこから一気に馳せよう」

茂木と鮫岸は、覚悟を決めた面持ちで応じた。

信平は鈴蔵と先に路地から出ると、来る時に把握していた、敵兵の馬が入れられている厩に向かうべく、武家屋敷のほうへ戻った。

商家との境の三辻を通り過ぎようとしていた時、辻の向こうの武家屋敷の表門が開いた。

信平たちは、咄嗟に土塀の角に隠れた。

松明を持った雑兵と組頭が出てきて、

「急げ」

中に向かって言うと、北ノ門へ向かっていく。この屋敷を屯所にしていたらしく、後から十数人の雑兵が続いて出てくると、だるそうに背を丸め、ぞろぞろ歩いていく。

その中の一人が大あくびをして、後ろにいる者に振り向いた。

「こんな夜中に荷を運ばせるとは、殿様もご無体だ」

「ああ、まったく人使いが荒い。このまま逃げるか」

「おい、急げ！」

組頭に怒鳴られ、雑兵たちは走った。

土塀の角から見ていた鈴蔵が、すぐ後ろにいる信平に振り向いて言う。

「行きました」

「うむ。荷物とは、何だろうな」

「国許から兵糧でも運ぶのでしょうか」

すると、追いついた鮫岸が茂木に言う。

「そういえば拷問をされて意識が朦朧《もうろう》としていた時、今夜、近くの港に船が入るという声を聞いた」

茂木が信平を見た。

「信平殿、銭才が何かを運び込もうとしているのではないでしょうか」

言われて、山元藩を騙し、港を使おうとしていた橋田屋と駿河のことが脳裏に浮かんだ信平は、鈴蔵に言う。

「厩に行くのは危ない。二人と共に、国境へ行ってくれ」

鈴蔵は一瞬、戸惑う顔をした。

茂木が言う。

「信平殿、残って何をされるおつもりですか」

「気になるゆえ、港を調べる」

「一人では危ない。拙者もまいります」

「見つかれば、生きては戻れぬやもしれぬ」

「覚悟の上にございます。拙者は牢で首を吊ることはできませんでしたが、こういう時に命を惜しんでは、家名に傷が付きます。敵に捕らえられて恥をかかされたままでは、江戸に帰れないと思うておりましたから、お供をさせてください」

鮫岸が茂木の肩をつかんだ。

「貴様、拙者を止めたくせになんだ。言うこととすることが、でたらめではないか」

「お前は帰れ。ここであったことを御大老にお知らせすれば、隠密のことを吐露してしまったことは帳消しとなる」

「だめだ。信平殿、拙者も行きますぞ」

勇む鮫岸を茂木が止めた。

「おぬしは足を痛めているのだ。邪魔になるだけだから行け」

「どいてくれ」

茂木を突き放した鮫岸は、信平に言う。

「信平殿、足手まといにはならぬゆえ、頼みます」

二人の覚悟を知った信平は、応じた。

「では二人ともまいろう。牢から逃げたことが知られる前にすませる」

二人は揃ってうなずき、鮫岸が言う。

「信平殿、奴らが何を運ぼうとしているのか、必ず暴いてやりましょうぞ」

「うむ」

信平は鈴蔵と先に立ち、堀端の先に見えている兵たちの松明の火を追った。

三

兵たちは、岩城山城から歩いて一刻半（約三時間）のところにある江名《えな》の港に向かった。港町の入り口は、兵たちが厳重に守っている。

「どうりで、城下に兵がいなかったはずです」

鈴蔵が言い、茂木がどうするか問う。

夜が明ける前にここを去りたいと思う信平は、港の右側に見える稜線《りょうせん》を指差した。

「あそこは岬であろうか」

「恐らくそうでしょう」

鈴蔵の言葉を信じた信平は、そちらに向かった。

松林を抜けて岸壁に出てみると、やはり岬だった。

信平たちは身を伏せて進み、岬から港を見おろす。すると、松明が焚かれた船着き場に大きな船が停泊しており、荷が降ろされていた。

信平は、横にいる茂木の顔を見た。

「何を運んでいると見られる」

「今船から降ろされたばかりの木箱は、長さからして、中身は鉄砲ではないかと」

帆を下ろしている弁才船《べんざいせん》からは、同じような木箱が続々と降ろされている。

「殿、港の北側をごらんください。こちらに戻っている松明を持った兵が、先ほど建物の横から出てきた時に、大筒らしき物が見えました」

茂木が驚いた。

「大筒だと。確かか」

「間違いございませぬ」

断言する鈴蔵が、見るよう促した。

皆が目を向けると、先ほどの兵が、木樽《きだる》を担いだ者たちの足下を松明で照らしながら建物へ向かって戻っていた。

「見えますか、軒下です」

鈴蔵が言うとおり、建物の軒下に大筒を載せた荷車が三台見えた。木樽を担いだ兵たちが軒下に入り、次々と積み上げている。

松明を持った兵が明るくしてやろうと近づいた時、組頭らしき侍に引き戻され、顔を殴られた。

見ていた鮫岸が言う。

「やけに火を恐れています。積まれた木樽の中身は、弾薬《たまぐすり》に違いございませぬ」

どうすべきか、信平が考えているうちに弁才船は船着き場を離れ、沖へ向かいはじめた。

何もできないまま、荷を集める兵たちを見ていた信平に、鈴蔵が海を見るよう言う。

言われるまま顔を向けると、月明かりの下で、別の弁才船が見えた。

舳先《へさき》で明かりを明滅させて合図を送りながら、ゆっくり近づいてくる。

鮫岸が言う。

「同じ量が降ろされれば、かなりの武器です。急ぎ水戸に知らせ、兵をお出し願いましょう」

「それがいい」

茂木が賛同したが、信平は考え、答えを出した。

「茂木殿と鮫岸殿は、急ぎ水戸へ行かれよ」

茂木が驚いた。

「信平殿、何をお考えです」

「あの武器が城へ運び込まれれば、攻め手に多大な犠牲が出る。麿たちは水戸軍が来る前に港に忍び込み、積まれている武器を使い物にならぬようにいたす。鈴蔵、ゆくぞ」

「お待ちください」

鈴蔵が止めた。

「見張りが厳しゅうございますから、難しいかと」

茂木が言う。

「さよう。無理をして、信平殿がお命を落とされるようなことがあってはなりませぬ」

「そういう意味で殿を止めたのではございませぬ」

茂木は、否定した鈴蔵を見た。

「どういう意味だ」

「港を襲うのは難しいと、申し上げました」

鈴蔵はそう言って、信平に顔を向ける。

「殿、敵が荷を運びはじめるのを待ち、弾薬を積んだ荷車に火矢を放つのはいかがでしょうか」

警固をしていた兵たちが、まだくつろいでいる様子を見ていた信平は、鈴蔵に言う。

「今を逃す手はない。荷を運びはじめれば、列が長くなる。山積みされている弾薬を狙えば、一矢のみで潰せる」

鈴蔵は従った。

信平は目付役の二人に顔を向けた。

「茂木殿、鮫岸殿、まずは馬を奪うゆえ、水戸まで馳せられよ」

「我らも共に行きます」

手伝うと言い張る茂木に、信平は首を横に振る。

「そなたらが帰らなければ、公儀は重い腰を上げぬと申したはずだ」

信平は、頼むと言い、岸壁を離れた。

松林を戻り、敵兵に気付かれないよう馬を探した。

港町を守る兵たちは、北ノ門を守っていた兵たちとは違い油断せず、周囲を歩き回っている。また、人数も多い。

鎧武者は馬から降りていたが、騒ぎを起こさずには奪えそうにない。

物陰に潜んでいる信平の横に茂木が並び、小声で言う。

「馬を奪って騒ぎになれば、港に近づけなくなります。ここは力を合わせて潰し、混乱に乗じて逃げましょう」

信平は、茂木の提案を受け入れなかった。

「鮫岸殿、弓を」

信平が言ったが、鮫岸は渡さぬ。

「拙者は弓には自信がございます。拷問した者どもに、一矢報いとうございます」

茂木も鮫岸も、引く気がないようだ。

信平は、折れるしかなかった。

「では、まいろう」

町家に隠れながら船着き場に近づくべく、歩みを進める途中で、鈴蔵は、火矢を作ると言って鮫岸から矢を何本か受け取った。兵を恐れて空き家になっている商家に忍び込み、行灯《あんどん》の油を染み込ませた布を矢に巻き付けた。

共に入っていた鮫岸が受け取り、

「よいできだ」

と言い、外へ出る。

鈴蔵は台所に行き、火打ち石と火口《ほくち》を手に入れた。

敵兵と出くわさぬよう警戒して路地を進み、海辺に出る。

弁才船の荷はほぼ降ろしたらしく、働いていた兵たちの中には、石畳の岸に車座になって休んでいる者たちがいる。

「弾薬を燃やしてしまえば、鉄砲も大筒も役に立たなくなります」

鈴蔵の提案を受け入れた信平は、兵たちの目を盗んで路地から路地へ走り、北側に向かった。

先の角から声がして、兵たちが路地に入ってきた。

荷を運んでいた兵たちは、槍も刀も持たず疲れ切った様子で歩き、町家の勝手口の暗がりに潜んでいる信平たちに気付くことなく去っていく。

その者たちの背後に出て路地を抜けた信平たちは、大筒が置かれていた建物の裏手に到着した。

海のほうから、一際大きな声がする。

警戒しつつ行ってみると、兜《かぶと》を取っている侍が雑兵たちに指図をしていた。その侍の背後には大筒が六門並べられ、弾薬を詰めた樽がいくつも積まれている。

鈴蔵が信平に言う。

「あの弾薬を爆破すれば、大筒も吹き飛びます」

「うむ」

より弾薬に近づくため、建物の裏から北側に行こうとした信平だったが、皆の足を止めた。港に馬蹄が響いたからだ。

小屋の物陰から見ると、馬に乗る隻眼の男が来ていた。その横には、忘れもしない、肥前の姿もある。

「隻眼の男が相模です」

茂木に教えられた信平は、馬を止め、侍に指図をしている相模を改めて見た。腰には長刀を帯び、筋骨たくましいあの男が、岩城山藩主を駕籠ごと斬殺した者。

相模の警戒心は強く、侍に警固の兵がたるんでいると言い、港の守りを厳重にするよう指図している。

程なく大筒の周囲にも兵が集められ、特に警戒するよう告げている。

「これでは狙えぬ」

鮫岸が苛立ちの声をあげたが、信平は皆を導き、建物の裏から反対側に向かった。

だが、弾薬を守る兵が邪魔で、なかなか弓を射る機会を得られない。程なく、一騎が港に馳せてきて、相模に何かを告げ、にわかに騒がしくなった。

信平は冷静に言う。

「どうやら、茂木殿と鮫岸殿が逃げたことがばれたようだ」

同時に相模が、

「追え！　逃がすな！」

そう叫び、兵たちが武器を手に港から離れていく。

「矢に火を」

勇み立つ鮫岸が鈴蔵に言うのを、信平が手で制した。

「まだ早い。弾薬の周りには兵たちがいる」

た。

鮫岸は従い、矢を番《つが》えるのをやめて港を望む。

皆が息を凝らして待っていると、程なく兵を呼ぶ声がした。

まだ荷揚げは終わっていなかったらしく、弾薬を守っていた兵が船に呼び寄せられた。

今を逃す手はないと判断した信平は、鮫岸にうなずく。

応じた鮫岸は矢を番え、鈴蔵が点《とも》した火種で火を付けた。拷問された痛みに顔をしかめつつ弓を引き、狙いを定めて射る。

闇に走る一筋の光となって飛んだ矢は、木樽の角で弾かれてしまい空高く上がった。

気付いた敵兵が叫んだ。

「火矢だ！　敵がいるぞ！」

騒然となってこちらに来る敵兵に対し慌てぬ鮫岸は、長い息を吐き、ふたたび弓を引く。

鋭い眼光で射た矢が音を立てて一筋の光となり、積まれた木樽に吸い込まれた刹那、ぱっと閃光が膨らみ、遅れて、耳をつんざく炸裂音《さくれつおん》が響いた。

信平たちは地べたに伏せた。直後に爆風が伝わり、身を隠していた板塀が根元から揺らぐ。

爆風が収まり、信平が顔を出すと、大筒は破壊され、建物が炎に包まれていた。その周囲で、こちらに来ようとしていた敵兵が倒れている。

十分と見た信平が去ろうとするが、混乱する港に相模を見つけた鮫岸は、拷問の恨みを晴らすべく弓を向けて狙ったが、一瞬早く気付かれ、放った矢を切り飛ばされた。

相模は恐ろしいまでの形相を向けた。

「奴らを殺せ！」

兵たちが命令に応じて向かってきた。

弾薬の樽が炎の中で炸裂し、爆風で飛ばされた敵兵たちが海に落ちた。

信平は、爆風から逃れた相模が敵兵を連れてくるのを見て、なおも弓を引こうとする鮫岸の腕をつかんで逃げた。

「後は生きて戻るのみ」

そう言って、敵兵がいない路地を走り、大通りに出る。

繋がれている二頭の馬を見つけ、奪うためにそちらへ向かったが、先に敵兵が飛び乗り、港へと走り去ろうとした。

　そのうちの一頭の正面に出た信平は、驚いて前足を上げる馬から落ちた兵の頭を峰打ちして気絶させ、戻ってきた兵が馬上から突く槍の穂先を狐丸で切り飛ばす。

　兵は柄を捨て、信平のほうを振り向いたまま馬を馳せ、城の方角へ逃げていった。

　町の路地から兵たちの怒号が聞こえてきた。

「多勢に無勢、囲まれれば命はありませぬぞ」

　鮫岸に肩を貸している茂木が言い、信平が馬を引いていく。

「必ず生きて戻ろうぞ」

　信平はそう励まし、足が辛そうな鮫岸を馬に乗せて港町から去った。

　兵を率いてきた肥前と相模が、道に倒れている兵を見て、あたりを警戒した。

　肥前が言う。

「わたしは城を守る。おぬしは逃げた目付役を必ず殺せ。生かして領地から出すな」

「おう」

　相模はそばにいた組頭に街道を捜すよう命じ、配下が引く馬に乗ると、別の組頭と兵を率いて走り去った。

　見送った肥前は、一人で城へ向かった。

四

「海沿いの街道を行けば、高萩までなら夕方には着けるものを……」

悔しそうに言い、夜が明けた空を見たのは鮫岸だ。

街道は危険と判断した信平たちは、山側から脱出することを決めていた。

馬は山の麓で逃がし、獣道に分け入って歩くこと二刻（約四時間）。鮫岸の膝と身体の疲労は限界に達していた。

嘆く鮫岸に、茂木が沢の水を汲《く》んだ竹筒を渡した。

「街道は敵兵が守っているのだ。幸い山も高くはない。山道でも、明日の朝までには着ける」

「このまま奥州街道に出て、宿場で馬を借りてはいかがでしょう」

鈴蔵はそう言ったが、茂木が拒んだ。

「それでは時がかかる。せっかく敵の武器を潰したのだ。今のうちに水戸様にお伝えし、兵をお出し願わねば」

「拙者も同感だ。井田家が平林に呼応して挙兵すれば、いかに水戸様といえども、迂《う》闊《かつ》に岩城山城を攻められなくなる。信平殿、急ぎましょう」

「うむ」

信平は、腰かけていた岩から離れ、沢の岩を足場に対岸に渡った。そして、雑木が茂る山中の気配を探りつつ、皆が渡るのを待った。

茂木が渡り、鈴蔵に支えられた鮫岸が渡ってきた。

沢の下流に開ける景色の先に遠く望める海を見て方角を定めた信平は、山を見た。高くはないが、道らしき道がない。

「ここから行こう」

そう言うと、雑木の茂みに分け入った。

緩やかな斜面を選んでのぼっている途中で、人が手を加えている山道に出た。その道を半刻ほどくだったところで、海側と山側の分かれ道があった。

迷わず山側を選んだ信平たちは、峠の頂上から景色を眺めたが、

「方角は確かだが、遠望できる海辺の町が水戸の領内かどうか分からぬ」

信平は、分かる者はいるかと訊いたが、皆、首を横に振った。

茂木が言う。

「この道はくだっているようですから、途中で村があればそこで訊きましょう」

応じた信平は、咄嗟に身体をそらし、茂みから放たれた矢をかわした。

それは一瞬のことで、切り株に腰かけて休んでいた鮫岸の胸に、別の矢が突き刺さった。

「ぐあぁ」

苦しみの声をあげる鮫岸に慌てた鈴蔵が、茂みから飛んできた矢を切り飛ばす。

茂みの中から忍びが現れた。

頭上から飛び降りてきた忍びが茂木に斬りかかろうとしたが、信平が地を蹴って迫り、狐丸で斬り伏せる。そして、背後から襲いかかった別の忍びを、振り向きざまに斬った。

信平は茂木を背中に守りつつ、鮫岸と鈴蔵に寄る。

矢が刺さったままの鮫岸は、苦しそうに呻いている。

忍びの集団は信平たちを囲み、じわりと間合いを詰めてきた。

弓に矢を番えた忍びが、信平に狙いを定める。

射られた矢を信平は狐丸で切り飛ばす。その隙を突いて斬りかかった忍びの一刀をかわして背中を斬り、投げられた手裏剣を隠し刀で弾くやいなや、地を蹴って飛び、一太刀で斬り倒した。

鈴蔵は、斬りかかってきた忍びの刀を受け止めながら、茂木に迫る忍びに手裏剣を投げた。

眉間に突き刺さった忍びが倒れる背後から、別の忍びが飛び越え、茂木の頭上から幹竹割りで斬りかかった。かわした茂木は刀を振るい上げ、胴を斬った。

だが、雑兵が持っていた安刀では、鎖帷子を着ている相手を倒せない。

着地して振り向き、刀を振り上げる忍びに対し、茂木は鋭い突きを繰り出し、喉を貫いた。

襲ってきた忍びどもをすべて倒した信平は、あたりを警戒した。茂みに気配はない。

茂木と鈴蔵が鮫岸に駆け寄る。

抱き起こした茂木が、

「しっかりしろ。江戸に帰るぞ」

声をかけると、鮫岸は目を開けた。

「どうやら、武運も尽きたようだ」

「あきらめるな。村に行けば助かる」

「いいから行ってくれ。必ず、生きて……」

鮫岸はそこまで言ったところで、事切れてしまった。

茂木は悔しそうな顔をうつむけ、歯を食いしばって涙を堪《こら》えている。

枝を踏み折る音を聞いた信平が、茂みに小柄《こづか》を投げようと振り向いたが、手を止めて下ろした。

百姓姿の二人の男が、木陰に隠れるのが見えたからだ。

「出てまいれ」

信平が言うと、男たちは怯えた面持ちで出てきた。だが信平は、その者たちの背後に鋭い目を向ける。

「後ろにおる者もだ」

すると、同じような身なりをした男が出てきたが、面構えを見た信平は、百姓ではないことを見抜き警戒する。

「何者か」

すると、二人の前に出てきたその男が、破れた編み笠の下から厳しい目を信平に向けて問う。

「江戸に帰ると聞こえましたが、あなたたちはもしや、御公儀のお方ですか」

信平は警戒して応えない。

すると、男は倒れている忍びどもを見回し、信平に言う。

「それがしは、隻眼の男に主君を斬られました。生きて江戸に帰りたいなら、付いて来られよ」

「高萩へ行く道を教えてくれぬか」

信平が言うと、男はうなずく。

「その前に、死人を村で弔いましょう」

二人の百姓が、男に不安そうに言う。

「石岡《いしおか》様、よろしいので」

「おそらくこの方々が生きて戻られれば、我ら旧藩士が岩城山城に籠城をした疑いが晴れる」

石岡と呼ばれた男はそう言い、信平を見てきた。

「違いますか」

問われた信平が答える前に、茂木が言う。

「貴殿は、岩城山藩の者か」

「いかにも。元郡代《ぐんだい》の石岡一哲《いってつ》です」

「拙者は公儀目付役、茂木大善と申す」

「麿は鷹司信平と申す」

驚きを隠さぬ顔で黒い狩衣姿の信平を見た石岡は、不思議そうに言う。

「公家のお方が、何ゆえこのように危ないことをされておられます」

「友を救うためと言うておきましょう」

身分を明かさぬ信平は、案内を頼んだ。

半信半疑の様子ながら、石岡は案内をしてくれた。

鮫岸の骸を背負った鈴蔵の足に合わせて山道をくだり、百姓の男たちが暮らす村に入った。

山間の小さな村の者に鮫岸の弔いを頼み、そこからは石岡が一人で案内してくれた。

郡代としてこの山間の村々を回っていたというだけあり、石岡は山の中に二軒しかない家のことも把握しており、主家を失ってからは、妻子と、同輩三人の家族で城下を離れ、馴染《なじ》みの者を頼ってこの山の中にある別の村で暮らしているという。

道々に教えてくれる石岡に、茂木が、仕官をする気はないのか問う。

すると石岡は明るい顔で笑い、土いじりが性に合っていると言い、あるじの仇討ちをするると息巻く三人の同輩を止めるのに、苦労しているという。

すると茂木が、目付役の眼差しを向けた。

「先ほどは、あの山で何をしておられた」

「城下が騒がしいもので、村が心配で見に行ったところ、山仕事に入っていた先ほどの二人が、怪しい者たちが山を歩いていると知らせて戻ったもので、見に行っていたのです」

あなた方のことだと手で示しながら言う石岡に、茂木は真顔でうなずく。

「巻き込むつもりはない。道だけ教えてくれ」

「妻子と暮らす村は、同じ道を行った先にございます。まずは村に戻りましょう」

石岡はそう言って案内し、山道をのぼり切ったところで止まって、谷を挟んだ山を指し示した。

「あの山を越えれば、もう国境です。それがしが暮らしている村はこの下にありますから、湯漬けでも食べて一休みしてください。城から逃げて来られたなら、腹が空いておられましょう。どうせ通り道です。さ、遠慮なさらず」

招きに甘えようとした信平であったが、前に立って下りようとした石岡の腕を引いて木陰に隠れた。

甲冑がすれる音と足音が、雑木林の下からする。そっと顔を出してみると、六人の雑兵を率いた侍が走っていく。

信平たちがいる場所の下には、山の木を運ぶために切り通されていた別の道があったのだ。

石岡は動揺した。

「あの道をくだったところに村があります」

そう言うなり茂みから出て、山道をくだった。

「信平殿、捨ておけませぬ」

茂木はそう言い、止める間もなく石岡の後を追った。

鈴蔵を従えて茂木に続いた信平は、先ほどの敵兵に気付かれぬようにしろと声をかけ、距離を取って山をくだった。

やがて、視界が開けたところに差しかかった。

石岡は止まり、信平に指差す。

「あれに見えるのが村です」

先ほど、越えれば国境だと教えてくれた山の麓に、小さな集落がある。その村から立ち上がる白い煙が山間に棚引き、家の周囲を走る兵の列が見えた。

「どうしてこんなところに」

石岡は焦り、山道を駆け下りていく。

続いていた信平は、雑木の切れ間から村の様子を見た。庄屋らしき家の庭に集められた村人が、兵に槍を向けられている。

信平は、前を走る石岡に追い付き、腕をつかんで止めた。

「待て、捕らえられている者たちがいる。正面から行けば命が危うい。茂みから村に近づこう」

応じた石岡は、茂みに分け入った。

五

農家から引きずり出された女子供が、兵たちに囲まれて隣の家に連れて行かれ、集められている者たちのところに座らされた。

幼い男児は母親に抱きつき、怯えた顔を兵に向けている。

無情の兵たちは、下がって槍を向けた。

鎧を着けた侍が、縁側に腰かけている相模のところに走り、

「これですべてです」

と言い、頭を下げた。

羽織袴姿の相模は立ち上がり、村人の前に座らせている三人の男の前に歩みでて言う。

「城から逃げた大罪人を匿《かくま》っておろう。坂本《さかもと》、正直に申せ。言わねば、お前らのせいで村の者が死ぬことになるぞ」

坂本と呼ばれた三十代の男は、月代《さかやき》が伸び、顔の髭も濃くなっているが、岩城山藩主が生前の時は勘定方として城に勤め、出入りをしていた相模と面識がある。

それだけに、藩主を駕籠ごと斬るなどと酷《むご》い殺し方をした相模を恨み、

「必ずや、殿のご無念を晴らす」

石岡たちにそう息巻いていただけに、目の前にいる仇に歯をむき出した。

相模の横にいた侍が、鎧を着けた手で坂本の顔を殴った。

「その態度はなんだ。言え、言わぬか」

仰向けに倒れた坂本の腹を蹴り、胸を蹴って痛めつける侍を止めた相模が、坂本を座らせ、薄笑いを浮かべて言う。

「恨むならお前のあるじを恨め。奴は我らに味方すると言うておきながら、裏で公儀の言いなりになっていたのだ」

「貴様らに味方することなど、我らは知らぬことだ。殿がお上に忠義を尽くすのは、当然であろう」

「ふん、そこが気に入らぬ。はなから我らを騙していたのだ、殺されて当然であろう。無駄口はここまでだ。この山に公儀の者がいるのは分かっている。こちらに向かっていたことこともな。貴様らが手引きしたのであろう？」

「我らは知ら……」

坂本がしゃべっている途中で、相模は抜く手も見せず抜刀し、斬り伏せた。

村人から悲鳴があがる中、血に染まる切っ先を別の旧藩士に向けた相模は、眼光鋭く言う。

「正直に言わなければ、次は村人を斬る」

「待ってくれ。我らはほんとうに知らぬのだ」

旧藩士が必死に訴える背後から、鎧を着けている侍と雑兵たちが戻ってきた。

相模の横にいる侍が問う。

「山はどうであった」

「怪しい者はおりませぬが、忍びどもが落ち合う場に来ませぬ」

応じた侍が相模を見た。

相模は鼻で笑う。

「どうやら、我らが先に来たようだな。この裏の山を越えれば国境だ。目付役どもは必ずここを通る。家に隠れて待ち伏せするぞ」

「承知。この者どもはいかがいたしますか」

「用はない。奴らが来る前に殺せ」

「そうはさせぬ」

突然の声に、相模が隻眼の顔を向ける。

驚いて振り向く雑兵を峰打ちに倒した信平は、村人に槍を向けている兵に突風のごとく迫り、陣笠を峰打ちして昏倒させた。

急襲に騒然とする兵が信平に向かおうとしたが、鈴蔵が家の屋根から投げた火薬玉が炸裂し、兵たちは悲鳴をあげて離れた。

弓を番えた兵が信平を狙おうとしたが、その者たちの背後から茂木が斬りかかり、石岡は、見張りの兵から奪っていた槍で突き倒した。

信平は、斬りかかってきた侍の刃をかわして狐丸を振るう。

鎧の胴具ごと腹を斬られた侍が呻いて倒れるのを一瞥した信平は、捕らえられている旧藩士を助けるべく向かう。

旧藩士に太刀を振り上げて斬ろうとしていた侍が、石岡が投げた槍に背中を貫かれ、断末魔の悲鳴をあげた。

相模は、信平に迫ろうとした兵たちに大声をあげた。

「手出し無用！」

槍を引く兵たちに、相模が言う。

「この者はわしが斬る。貴様らは公儀目付を……」

茂木を斬れと命じようとした相模は、そうはさせじと迫る信平の速さに慌てて、長刀で刀を受け止めた。

信平は、相模が押し返す力に抗わず引く。

それを隙と見て長刀を振るう相模。

長い刀身の切っ先が、信平の黒い狩衣を裂いた。

刀身を空に向けて右脇に寄せる相模は、顔に優越をにじませている。

対する信平は、切られて垂れ下がった右袖を引きちぎって捨て、相模に問う。

「三倉内匠助の太刀か」

「ほう。見ただけで分かるか。貴様、名は」

「鷹司信平じゃ」

相模は目を見張り、すぐに笑みを浮かべた。

「貴様が信平か。肥前から聞いているが、まさかこの地に来ておろうとはな。ここでわしと出会ったのは、貴様の運の尽きだ。三倉内匠助の刀を持てるのは、我らのあるじが選《え》りすぐった者のみ。覚悟いたせ」

相模は言うなり、猛然と迫った。

「むん！」

鋭く打ち下ろされる太刀筋は凄まじく、狐丸で受けた信平は身体ごと飛ばされ、両足で踏ん張って止まった。

そこへ相模が飛び、横に一閃する。

飛びすさる信平の胸に長刀の切っ先が伸びたように見え、狐丸で受け流した。

「おう！」

肘で胸を打たれた信平は飛ばされ、家の前に置かれていた木の台に背中からぶつかって止まった。

そこへ相模が迫り、渾身の幹竹割りを打ち下ろす。

右に転じてかわした信平の横で、分厚い板の台が両断された。

相模は嬉々とした目を信平に向け、切っ先を転じた。

片手斬りに一閃された信平は、狐丸で受け止め、すり流して相模の腕を斬らんとしたが、素早くかわされた。

両者間合いを取る。

信平は、鈴蔵を気にして見た。

鈴蔵は、兵たちから村人を守っている。

そんな信平に、相模がふっと笑みをこぼす。

「おいおい、家来に助けを求めるのか」

余裕げに言う相模に顔を向けた信平は、目の端に見える茂木の背後に、槍を持って近づく兵がいるのに気付き、小柄を投げた。

顔を向けもせずに投げた小柄が、兵の背中に突き刺さるのを見た相模の顔から、余裕が消えた。

信平を睨み、

「遊びは終わりだ」

そう言って長刀を正眼に構える相模に対し、信平は、狐丸を右手ににぎって両手を広げ、鳳凰《ほうおう》の舞の構えで応じる。

相模が気合をかけて斬りかかった。

袈裟懸けに鋭く打ち下ろされる一撃を、信平は左に転じてかわす。

相模はその動きを見切っており、斬り下ろすと見せかけた長刀を右手のみで振るい、身体を転じた信平の背中を一閃した。

隻眼ゆえに、より鍛えられている右目でとらえていたはずの信平が、視界から消えた。

相模が追って振り向くと、信平は、振るったばかりの狐丸を右手ににぎり、こちらを見据えている。

相模は前に出ようとしたが、右腕が焼けるような感覚に襲われ、そこで初めて、手首から先を失ったことに気付いた。

鮮血がしたたる腕を押さえて片膝をつき、信平を睨む。

「おのれ……」

立ち上がろうとした時、怒鳴り声がした。

「殿の敵！　覚悟！」

刃を向けて迫る旧藩士たちに目を見張った相模は、左手で脇差しを抜こうとしたが、石岡と二人の旧藩士に三方から突き込まれた。

「殿の無念を思い知れ！」

石岡は涙を浮かべて言い、離れた。

相模は呻き、口から血を吐いて仰向けに倒れると、そのまま息絶えた。

大将である相模が討ち取られたことで、兵たちは戦意を失い、散り散りに逃げていく。

武器を拾って追おうとした村の男たちを止めた石岡は、同輩と三人揃って、信平に頭を下げた。

信平は狐丸を鞘に納め、地面に落ちている相模の右手から三倉内匠助の長刀を外し、鈴蔵に渡した。そして、石岡たちに言う。

「村がふたたび襲われるかもしれぬ。麿と共に、江戸にまいらぬか」

だが石岡は、穏やかな面持ちで頭を振った。

「三人力を合わせて、この村を守りまする」

信平はうなずいて言う。

「我らが海辺の国境の丘へ戻れば、水戸の軍勢が動き、平林の兵を一掃してくれる。それまで持ち堪《こた》えられよ」

「はは」

石岡は頭を下げ、教えてくれた。

る。

「海辺の国境には、峠を越えるより平地を馬で行かれたほうが速いかと」

信平は、道ばたで草を食《は》んでいる馬を見た。相模と侍が乗ってきた馬が五頭ほどいる。

「馬で峠は越せぬか」

そう訊くと、石岡は頭を振った。

「道は狭く、急でございますから無理です。それに加え山深《やまぶこ》うございますから、敵兵が潜んでいるやもしれませぬ。馬を使える道は、海辺まで村もなく、田畑で開けておりますから見通しも利きます」

茂木が信平に言う。

「相模を倒したゆえ、時がかかればここも危のうござる。急ぎましょう」

信平は承知し、馬に乗って村を出た。

鈴蔵に後ろを守らせた信平は、茂木を守り先頭に立って山間から抜け、田畑が広がる道をひた走った。

三頭の鹿毛《かげ》馬はいずれも駿馬《しゅんめ》で、向かい風となる海風をものともせず道を駆け抜ける。

橋がない小川を飛び越え、蹄《ひづめ》で土を撥《は》ね上げて海辺の街道を目指す。

やがて前方に、大海原が見えてきた。見覚えのある一本松が、そこが忠興の大名行列と歩んだ街道だと教えてくれている。右側に広がる丘陵は、国境だ。

信平は馬を止め、茂木に言う。

「丘の上は、平林の手勢が守っている」

茂木は険しい顔をした。

「大勢ですか」

「増えていなければ、侍一人と雑兵が十人だ」

すると鈴蔵が、馬を前に出した。

「見てまいります」

「うむ。一本松で待つ」

「はは」

馬を馳せる鈴蔵を見送った信平は、一本松まで行き、日陰に入った。

待つあいだに馬を休ませ、国境に敵兵が増えていた時は、どうすべきか考えた。

茂木は、石岡の村に戻って峠を越えるよりも、丘を迂回しようと提案してきた。

「海側は守りやすく、敵に有利かと。ここに来る時に見たのですが、山側ならば、竹《たけ》藪《やぶ》や雑木林があり、見つかりにくいのではないでしょうか」

同じことを考えていた信平は、茂木に言う。

「敵の数が少なければ、磨と鈴蔵が関所を破るゆえ、後に続いてくれ」

「突破するなら、一度に攻めたほうがよろしいかと。拙者もまいります」

「茂木殿が戻られなければ、酒井大老は動かれぬ。水戸家もしかり。初動の遅れは、平林の軍勢が力を増すのを許すことになりかねぬ。なんとしても、生きて江戸に戻っていただく」

信平の求めに、茂木は従うことを約束した。

一本松の幹の向こうから、海風とは違う音が聞こえている。

いち早く気付いた信平が街道に馬を出して見たが、緩やかな上り坂に遮られてその先が見えない。

馬の背に立ち、松の枝に飛び上がって登った信平の目に映ったのは、隊列を組んで歩く敵兵だ。

「何か見えますか」

下にいる茂木に言われて松から下りた信平は、馬の手綱をつかんで言う。

「数百の敵が来ている」

茂木は焦った顔を街道に向けた。

「ここにいては危ない」

信平が言った時、馬を馳せて鈴蔵が戻ってきた。

「国境の敵の数は変わっていません」

「うむ。数百の敵が迫っている。茂木殿、こうなっては一気にまいろうぞ」

「承知しました」

そう言っているあいだに、敵の先頭が坂の上に遠望できた。

馬を馳せる信平たちを見つけた騎馬武者が、

「いたぞ！」

大音声をあげるやいなや、馬の腹を蹴った。

数十騎の馬が隊列を離れ、地響きを上げて追ってくる。

信平たちは馬に鞭打《むちう》って逃げる。

平坦な道をゆき、程なく丘の坂道に差しかかる。

てっぺんを守る兵たちがこちらに気付き、弓を持って集まっている。

馬に気合を入れて前に出た信平は、放たれた五本の矢のうち、身に迫る二本を狐丸で弾き、次に放たれた矢も切り飛ばして突進したが、物陰に潜んでいた兵が射た矢が馬に当たった。

倒れる馬から飛んだ信平は、地面に着地するなり一回転して立ち上がり、矢を番えようとしている弓兵に向かって走った。

馬で信平を追い抜いた鈴蔵が火薬玉を投げ、炸裂で混乱する弓兵に手裏剣を投げて倒した。

雑兵が槍を向け、信平に向かってきた。

信平は狐丸で穂先を弾いて間合いに飛び込み、斬り抜ける。止まらず走り、次の雑兵を斬り、刀を抜いて斬りかかってきた鎧武者の一撃を弾き返し、兜ごと斬り伏せた。

そのあいだに、騎馬武者が迫ってくる。

「信平殿、乗って！」

茂木が止まって手を差し伸べた時、倒れていたはずの兵が起き上がり、槍で突いてきた。

穂先は茂木の足をかすめて、馬に突き刺さった。

嘶《いなな》いて前足を上げた馬から落ちた茂木に、敵兵が槍を向けて突こうとしたが、信平が斬り倒した。

茂木の手を引いて立たせた信平に、馬を降りた鈴蔵が駆け寄る。

敵の騎馬武者はそこまで迫り、槍の穂先を向けてくる。

「これまでだ。信平殿、逃げてくだされ！」

茂木の叫びを聞かぬ信平は、狐丸をにぎり、迫る騎馬武者に真っ向から挑もうとした時、敵は突然馬を止めた。

馬上の兵たちはうろたえた様子で、信平たちを見ている。

背後の国境でした馬の嘶きに信平が振り向くと、砂塵を上げる騎馬武者の一団が、坂を駆け上がってきた。

先行してきた騎馬武者が信平たちの手前で止まり、平林家の兵たちに大音声で言う。

「我は水戸徳川家家老、中山備前守信治なり！　平林家の者ども、兵を引けい！　引かねば、水戸徳川軍一万がお相手つかまつる！」

そのあいだに平林勢の足軽が追い付き、弓兵が矢を番えた。

騎馬の平林家の武将が怒鳴る。

「そこにおる者は、我らにとっては罪人。渡していただこう」

「たわけたことを申すな。公儀目付役と、将軍家縁者であらせられる鷹司殿ぞ！」

「たわけはそちらじゃ！　将軍家縁者が、このような片田舎に来られるものか！　渡さぬと申すなら、一戦交えるのみ」

「むう」

中山は、一歩も引かない平林家の兵にたじろいだ。相手を睨んだまま、小声で言う。

「信平殿、いかがいたしましょう。ここにおるのは我が手勢百のみ。本隊などおりませぬ」

山元藩主の忠興に頼まれた中山は、水戸光国からの命令を待たず、中山家の兵を出していたのだ。

信平は言う。

「茂木殿は、なんとしても江戸にお戻りいただく」

中山はうなずいた。

「では、ここは我らにおまかせを。行ってください」

中山はそう言うと兵を集め、対峙する構えを見せた。だがその時、平林勢の後方で鉄砲が鳴り響いた。

撃たれたと思った中山たちに動揺が走った。だが、鉄砲の弾は飛んでこない。

混乱が生じたのは、平林家の兵たちのほうだった。後方の兵たちが倒れると、村から駆り出されていた雑兵たちが逃げ惑いはじめている。

　最前列で中山隊と睨み合っていた騎馬武者が兵を整えようとしたが、弓矢の攻撃を受けて落馬し、他の騎馬武者も次々と矢が刺さって落馬し、またたく間に壊滅させられた。

　馬上の中山が、信平に言う。

「敵の後方から大軍が来ます」

信平と鈴蔵は、茂木を守って前に出た。

逃げる平林勢を蹴散らして現れたのは、黒揃えの鎧をまとった軍勢だ。

鮮やかな赤に、金の百舌《もず》が二羽あしらわれた幟旗《のぼりばた》を見た中山が、

「井田家の軍勢です」

恐れた様子で教えた。

驚いた茂木が、信平を下がらせた。

「相手が悪い。お逃げくだされ」

信平は軍勢を前に、茂木に疑問をぶつけた。

「妙だと思わぬか。井田家が下御門と繋がっているのなら、何ゆえ平林の兵を倒す」

「井田を侮らぬことです。我らを油断させるための罠かもしれませぬぞ」

茂木が言い、井田軍に厳しい目を向ける。すると、四人の鎧武者を連れた騎馬武者が隊列を離れ、こちらに向かってきた。

漆黒の鎧をまとい、青毛《あおげ》の馬に跨がる武者は、十分なあいだを空けて止まり、大音声で言う。

「井田家家老、熊澤豊後《くまざわぶんご》と申す。公儀目付役はどなたにござるか」

「拙者だ」

茂木が答えると、熊澤は馬から降りて歩み寄り、漆黒の面頬《めんぼお》を取った。

背が高く、口髭を生やした熊澤は精悍な面構えをしており、

「岩城山の騒乱を知り馳せ参じ、大悪人の首級を挙げ申した。ご検分願いたい」

大音声の物言いは、まるで戦国武将そのもの。

そんな熊澤に対し、茂木は怯まず問う。

「その前に教えていただこう。平林左京太夫の謀反を、どうして知っておられる」

「岩城山城下には、井田本家にゆかりある者が多く暮らしておるゆえ、何もせずとも耳に入り申す。公儀を騙し、城下に暮らす民を追い出したと聞かれた殿が、謀反人を討てと命じられたのです」

「殿とは、鶴宗殿のことか」

「これは異なことをおっしゃる。井田家当主はただ一人、陸奥守時宗《むつのかみときむね》にござる」

「我ら公儀の者は、藩政は鶴宗殿が仕切っておられると把握しているが、まことに、陸奥守殿のお指図か」

「二言はござらぬ」

「あい分かった。では、首を検める」

茂木が言うと、熊澤の指図で鎧武者たちが歩みでて、二つの首桶《くびおけ》を茂木の前に置いて蓋を取った。

目付役として検分した茂木が、

「これは……」

目を見張り、熊澤を見た。そして信平に言う。

「平林左京太夫と、家老の堂島正衛に間違いございませぬ」

信平が熊澤を見ると、熊澤は真顔でうなずく。

「確かにお渡し申した」

熊澤はそう言って、付け加える。

「この岩城山の地は元々、我が藩祖が大坂の陣で立てた武功を称《たた》えられた家康公より賜りし地。誉れの地を二度と血で汚さぬため、これよりは、井田家がお守りいたす」

宣言に茂木が焦った。

「待たれよ。勝手は許されぬぞ」

「沙汰を待っていたのでは、平林左京太夫を討ち取った我らが危のうござる。これよりは当面、何人《なんぴと》もここを通さぬゆえ、さようお上にお伝えくだされ。ではごめん」

茂木が止めるも、聞く耳を持たず馬を転じた熊澤は、引き上げていく。

鎧武者の命で丸太を持った兵が前に出てくると、馬防柵を立てはじめた。

またたく間に街道を封鎖してしまうのを見ていることしかできない信平は、茂木に言う。

「急ぎ御大老に知らせるべきかと」

険しい顔で応じた茂木に、馬を降りた中山が手綱を渡した。

「それがしの馬を使われよ。おい、信平殿に馬を」

「はは」

中山の家来が馬を降り、信平に手綱を渡した。

「かたじけない」

馬に乗った信平は、中山を見た。

「決して、油断されますな」

「国境を固めまする」

信平は馬を転じた。鈴蔵がそれに続く。

茂木は平林の首桶を馬にしばりつけ、信平と鈴蔵に守られて馳せた。

六

水戸城下で馬を乗り継いだ信平たちが江戸に着いたのは、日暮れ時だった。

足の血止めのみをしている茂木は、大手門前の酒井屋敷に到着して馬から降りると歩けなくなり、信平は肩を貸して、中に入った。

待つあいだに水を所望し、生きて戻れたことに、ようやく息をつく。

酒井の屋敷には、稲葉老中が来ていた。

程なく、信平たちが待つ部屋に来た酒井と稲葉は、茂木からこれまでのことを聞いて驚き、庭に置かれている平林の首桶を家来に開けさせて検分した。

城で見ていた平林本人だと知った酒井と稲葉は、動揺を隠せぬ様子となった。

酒井は信平と茂木に、

「しばし待て」

そう言って稲葉を誘い、別室に行ってしまった。

長らく待たされるものと察した信平は、額に汗をにじませている茂木を気づかった。

「熱が出ておらぬか」

茂木は頭を振る。

「ご心配なく。傷は浅手です」

歩けぬ程なので浅くはないだろうが、ここは辛抱して待つしかない。

門で待たせている鈴蔵に薬を求めに行かせればよかったと思う信平だったが、酒井と稲葉は、早々と戻ってきた。

二人はさして合議もせず、井田家のことを決めていた。

稲葉は、

「まさか井田の本家が出てこようとは……」

と、意外そうだったが、酒井が信平と茂木に言う。

「手柄を挙げた井田勢を、おいそれと引かせるは諸大名の手前よろしくない。彼の地は元々井田家の領地であったこともある。ここは、しばらく岩城山城を預け、様子を見ることといたそう。茂木、そなたはもうよい。当面のお役目は許すゆえ、下がって怪我の手当てをいたせ」

「はは」

茂木は素直に応じて頭を下げ、小姓の手を借りて下がった。

酒井は信平に、険しい顔を向ける。

「そなたが斬った相模と申す男は、確かに銭才の配下なのだな」

信平は、廊下に控えている酒井の小姓に向き、促した。

応じた小姓が、預けていた長刀を持って入り、酒井の前に置く。

これは何か、という顔をする酒井に、信平が言う。

「相模が所持していた、三倉内匠助の太刀にございます」

驚いた酒井が、手に取って抜刀し、刀身を見てうなずく。

「見事な業物《わざもの》じゃ。よし、これはわしが預かっておく」

「三倉内匠助の刀は銭才が執着をしておりますゆえ、お気をつけください」

「取りに来れば、捕らえて罰するのみじゃ」

刀を小姓に渡した酒井は、別の小姓にうなずいて指図をした。

応じた小姓が、信平の前に三方を置く。敷かれた白い紙には、大判が五枚置かれている。

「こたびはご苦労だった。上様に代わり、褒美を取らす。銭才のことで何か分かればまた相談をするかもしれぬが、今は、屋敷でゆるりと休め」

「はは」

素直に受け取った信平は、三方を持って押し頂き、部屋から下がった。


鈴蔵と二人で赤坂の屋敷に帰ると、出迎えた松姫が、土埃《つちぼこり》に汚れて、ところどころ切られている狩衣を着けた信平の身なりに驚いた。

心配をかけぬために行き先を偽っている信平は、

「ちと、公儀の役目を終えてまいった」

誤魔化した。

狐丸を受け取った松姫は、信平の心中を察して問おうとはしない。無事の帰りを喜び、優しい笑みで迎えてくれた。

湯で身体を清め、お初が調えてくれた食事をすませた信平は、表御殿の自室に善衛門と佐吉を呼び、茶を出してくれたお初にも、すべてを話して聞かせた。

決死の脱出を知った善衛門は、

「よくぞ、ご無事で」

声を詰まらせて落涙した。

城に忍び込むというのだから、善衛門が心配していたのも無理はない。

信平は、加茂光音がくれた札を取り出し、まじまじと見つめて言う。

「銭才に麿の居場所が知られなかったおかげで、助かったのだ」

佐吉が身を乗り出す。

「銭才の姿を見られましたか」

「いや、知った顔は、肥前しかいなかった」

すると善衛門が言う。

「井田家が公儀を助けに出てくるとは思いもしませなんだが、命じたのが御当代というのは、まことでしょうか」

信平は顔を向けた。

「解せぬか」

「解せませぬ。当代の時宗殿は気が弱く、隠居の言いなりだと聞いております。加えて、先の参勤交代で国許へ戻った時に落馬されて大怪我を負われ、今年の入府を日延べされております」

「そのことは、江戸に帰る道々で茂木殿から聞いた。陸奥藩の領内に潜入している隠密が知らせてきたそうだな」

「さよう。なればこそ、確かな情報かと。時宗殿が兵を向けたとは、到底信じられませぬ」

「怪我の程度によるが、床に伏せていても兵は動かせよう。麿は、井田家の正義を信じたい」

「それがしは、鶴宗の策略を疑います」

善衛門の悪い予感は、翌日当たった。

昼過ぎに訪ねてきた茂木が、信平に対面するなり、

「井田の隠居に、してやられたかもしれませぬ」

と、焦った様子で言う。

聞けば、今朝、井田家の江戸家老が酒井大老を訪ね、平林左京太夫が成敗され藩主不在となっている二森藩と、騒動があった岩城山藩の領内には、平林家の残党と、得体の知れぬ輩が徒党を組んで民の暮らしを脅かしているため、山元藩を含めた地をすべて、井田一族が総力を上げて守ると告げていた。

これに対し酒井は、騒乱を止めた武功があるため、兵を引かせる理由がないと言

い、井田家の統治を認めたという。

善衛門は驚きのあまり声を失い、口をむにむにとやっている。

信平は、山元藩の領地へ戻っている若き藩主忠興と、駿河と橋田屋の悪事で奪われそうになっていた船越の港を守りに行っている香坂淡路守を心配した。

これに対し茂木は、険しい顔で答えた。

「拙者も気になり御大老にお訊《たず》ねしたところ、香坂殿は近く引き上げられますが、忠興殿のことは、どうなっているのかまったく分かりませぬ」

信平は、山の中で別れた忠興の顔を思い出し、案じずにはいられなかった。

※

館にいる銭才は、戻った肥前を褒め、盃を取らせていた。

「こたびは、ようした。さ、飲め」

言われるまま酒を飲み干した肥前は、盃を返し、目を伏せた。

銭才が右の目を細める。

「お前にしては珍しく、浮かぬ顔をしておるな。相模のことか」

「いえ……」

「肥前殿は、左京太夫のことが解せぬご様子」

横から口を挟む成太屋源治郎に肥前は顔を向け、その右隣に座っている僧侶を睨んだ。

「帳成雄、わたしのこころを読むのはよせ」

すると、帳成雄が不気味に笑った。

銭才が言う。

「そう怒るな肥前。理由は今に分かる。おお、折よくまいったようじゃ」

ほくそ笑む銭才が向く廊下に金属がすれる音がし、漆黒の鎧をまとった男が現れた。一礼して部屋に入ったその者は、肥前の横であぐらをかき、銭才に両手をついた。

銭才が、右目の眼光を鋭くする。

「豊後、よい知らせであろうな」

すると、漆黒の面頰を取った熊澤豊後が、精悍な顔を上げた。

「公儀が、井田家の申し出をほぼ認めました」

銭才は満足そうにうなずく。

「時宗は、大人しゅうしておるか」

「毎日奥御殿に籠もり、女人たちと戯れております」

銭才がくつくつ笑う。

「余が送り込んだ女どもに搦め捕られれば、政など目に入るまい」

「ただ、平林の家来どもが抗う姿勢を見せております」

「考えようによっては、井田家が兵を引かぬ口実になる。残党狩りと称して兵を展開し、生かさず殺さず、領内にとどめておけ。鶴宗には、余が褒めておったと伝えよ」

「承知しました」

「豊後、あの隠居をうまく使え」

「はは」

応じた豊後は、肥前を一瞥して微笑み、銭才の前から下がった。

肥前が銭才に問う。

「はじめから、平林左京太夫を捨てるおつもりでしたか」

銭才は、ほくそ笑んで言う。

「すべて余の思いどおりに、ことが運んでおる」

|著者|佐々木裕一　1967年広島県生まれ、広島県在住。2010年に時代小説デビュー。「公家武者　信平」シリーズ、「浪人若さま新見左近」シリーズのほか、「若返り同心　如月源十郎」シリーズ、「身代わり若殿」シリーズ、「若旦那隠密」シリーズなど、痛快かつ人情味あふれるエンタテインメント時代小説を次々に発表している時代作家。本作は公家出身の侍・松平信平が主人公の大人気シリーズ、第8弾。

本書は講談社文庫のために
書下ろされました。

若君《わかぎみ》の覚悟《かくご》　公家武者《くげむしゃ》 信平《のぶひら》(八)

佐々木裕一《ささきゆういち》

© Yuichi Sasaki 2020

講談社文庫

定価はカバーに
表示してあります

2020年6月11日第1刷発行

発行者――渡瀬昌彦
発行所――株式会社　講談社
東京都文京区音羽2-12-21　〒112-8001
電話　出版（03）5395-3510
　　　販売（03）5395-5817
　　　業務（03）5395-3615

デザイン―菊地信義
本文データ制作―講談社デジタル製作
印刷―――凸版印刷株式会社
製本―――株式会社国宝社

Printed in Japan

落丁本・乱丁本は購入書店名を明記のうえ、小社業務あてにお送りください。送料は小社負担にてお取替えします。なお、この本の内容についてのお問い合わせは講談社文庫あてにお願いいたします。

本書のコピー、スキャン、デジタル化等の無断複製は著作権法上での例外を除き禁じられています。本書を代行業者等の第三者に依頼してスキャンやデジタル化することはたとえ個人や家庭内の利用でも著作権法違反です。

ISBN978-4-06-520161-9

講談社文庫刊行の辞

二十一世紀の到来を目睫に望みながら、われわれはいま、人類史上かつて例を見ない巨大な転換期をむかえようとしている。

世界も、日本も、激動の予兆に対する期待とおののきを内に蔵して、未知の時代に歩み入ろうとしている。このときにあたり、創業の人野間清治の「ナショナル・エデュケイター」への志を現代に甦らせようと意図して、われわれはここに古今の文芸作品はいうまでもなく、ひろく人文・社会・自然の諸科学から東西の名著を網羅する、新しい綜合文庫の発刊を決意した。

激動の転換期はまた断絶の時代である。われわれは戦後二十五年間の出版文化のありかたへの深い反省をこめて、この断絶の時代にあえて人間的な持続を求めようとする。いたずらに浮薄な商業主義のあだ花を追い求めることなく、長期にわたって良書に生命をあたえようとつとめるところにしか、今後の出版文化の真の繁栄はあり得ないと信じるからである。

同時にわれわれはこの綜合文庫の刊行を通じて、人文・社会・自然の諸科学が、結局人間の学にほかならないことを立証しようと願っている。かつて知識とは、「汝自身を知る」ことにつきていた。現代社会の瑣末な情報の氾濫のなかから、力強い知識の源泉を掘り起し、技術文明のただなかに、生きた人間の姿を復活させること。それこそわれわれの切なる希求である。

われわれは権威に盲従せず、俗流に媚びることなく、渾然一体となって日本の「草の根」をかたちづくる若く新しい世代の人々に、心をこめてこの新しい綜合文庫をおくり届けたい。それは知識の泉であるとともに感受性のふるさとであり、もっとも有機的に組織され、社会に開かれた万人のための大学をめざしている。大方の支援と協力を衷心より切望してやまない。

一九七一年七月

野間省一